日本經典童話故事

宮澤賢治・新美南吉名作選

日中對照

編者的話

日本東北發生三一一強震時，許多人希望盡自己的一份小小心力安慰鼓勵災民，其中演員渡邊謙朗讀了一首宮澤賢治的詩：

雨《あめ》にも負《ま》けず ——宮澤賢治

雨《あめ》にも負《ま》けず
風《かぜ》にも負《ま》けず
雪《ゆき》にも夏《なつ》の暑《あつ》さにも負《ま》けぬ
丈夫《じょうぶ》なからだをもち
慾《よく》はなく
決《けっ》して怒《おこ》らず……（略）

這位宮澤賢治就是代表日本兒童文學的巨匠——宮澤賢治，就算台灣讀者不熟悉其大名，但是對《銀河鐵道之夜》應該都不陌生——這部作品不僅曾被改編為電影，還有音樂、繪畫等相關創作。

兒童文學雖然只佔日本文學的一小部分，但是因為日本小學課本編列這些文學作品，所以對許多日本人來卻可能比其他的文學作品更為耳熟能詳。

還有新美南吉，台灣讀者也許覺得陌生，但是這位作家的作品曾出現在日本的國語教科書中五十五年之久，而且被選用的作品共有十四篇之多，也堪稱是大部分日本人的共同記憶。

本書儘量收錄多篇作品，讓讀者可以從多方角度得以窺見這兩位兒童文學大師的寫作風格。其中收錄了三篇宮澤賢治的作品，〈要求特別多的餐廳〉描述兩位紳士到深山裡碰到神秘餐廳的詭譎戲謔故事；〈狼山、笊籬山和盜賊山〉以寓意方式敘述在山林田野間人與大自然的互動；〈烏鴉的北斗七星〉則是以烏鴉為主角描寫戰爭。

另外收錄了三篇新美南吉的兒童文學作品，〈權狐〉利用孤獨的狐狸詮釋深沉的疏離及淡淡的哀愁；〈小狐狸買手套〉描述小狐狸與母狐之間的溫馨母愛；〈花木村〉則是新美南吉經過一番自己對生死的審思後，詮釋心目中的理想村。

本書於「青空文庫」摘錄原文，並由對日本有獨到認識的陳慶彰老師精心翻譯、撰寫導讀，帶領讀者了解作品後的背景，以及兩位兒童文學作家的文字魅力。希望能讓讀者藉由生動有趣的內容，再細細體會作者文字底下的獨到思想。

目錄

新《にい》美《み》南《なん》吉《きち》

淡雅晶瑩的闇夜螢光

陳慶彰

新《にい》美《み》南《なん》吉《きち》

新美南吉這位兒童文學作家出現在日本的國語教科書中，已經有五十五年之久了，而且被選用的作品共有十四篇之多。其中，十八歲就已完成的代表作之一〈權狐〉，更是創下連續被採用五十年以上的空前紀錄。

他在一九一三年（大正二年）出生於現在的愛知縣半田市，一九四三年（昭和十八年）就與世長辭。在浮光掠影的二十九年生命中，留下了厚厚十二冊的全集。其中除了最為人稱頌的童話之外，還包括童謠、詩、短歌、俳句，此外尚有小說、戲曲等等。

自幼課業優秀的他，創作開始得很早。中學二年級時，他對文學產生了莫大的興趣，開啟了勤讀猛寫的文學生涯。光是十六歲那一年向朋友借來的書籍，根據記載，有書五十七本、雜誌十六冊；一年的創作量，多達童謠一百二十二篇、詩三十三篇、童話十五篇、小說九篇，並且已有《少年俱樂部》等多家雜誌採用了他的稿件。這些實際的數字，足以讓人感受到他寫作的熱力與早熟的才華。

不斷投稿發表，被評為天才的他，生涯後期一共出書兩本。在二十八歲時受邀出版的第一本書《良寬物語　絨球與鉢之子》是一本傳記文學，創下兩個月就再版的佳績。翌年出版了第一本童話集《爺爺的煤油燈》。過世後透過其文學知音——巽聖歌的奔走、舉薦，讓日本全國對他的光與熱感到驚艷。新美南吉被譽為繼宮澤賢治之後，日本重要的文學財產。

新美南吉在逝世前兩個月，未完成的絕筆自傳小說《天狗》中，透過描繪一個畫家，對自己的文學有相當肯切傳神的描述：「……我不畫誇張的畫，我畫的是質樸謙和的作品。……每當看到螢火蟲，我都會覺得很像自己的畫。要是把環繞在螢火蟲四周的黑暗比喻成現實的話，那麼，螢火蟲所賴以維生的藍色微光，不是螢火蟲的理想是什麼呢？」只要把「畫」改成「文章」，就可以完全了解作者對於自己作品的定義了。這說法非常吻合大多數評論家以及讀者，對於作者的定位與感覺。

是的！「闇夜螢光」，雖然帶著一絲孤寂，但卻淡雅、晶瑩，渾身散發著癒療人心的細膩。

（新美南吉紀念館提供）

導讀

清新純淨的娃娃屋

〈小狐狸買手套〉

陳慶彰

在日本，有許多文學評論家把新美南吉的作品群，定位為「思慕母親」的文學。認為四歲即遭母喪，翌年五歲就與繼母一起生活的新美南吉，「對母愛的渴望」一直是他創作的原動力。就是這股根深柢固的動力，使他在自己作品中不停地追尋母愛，更進而拓展為探討人與人之間的互動牽繫。這樣的說法，可說已經得到大多數新美南吉研究家或讀者的認可。

而這篇〈小狐狸買手套〉，不啻是新美南吉思母作品的經典，在許多喜愛新美南吉的讀者心目中，是與〈權狐〉齊名的代表作。新美南吉在這篇作品的原稿上，寫明完稿於一九三三年（昭和八年）十二月二十六日的夜晚，也就是他弱冠二十歲時所完成的作品。

這時的他是「東京外語大學英語系」的二年級學生，住在該校的學生宿舍裡。十八歲時認識了他的文學貴人巽聖歌，十九歲那年的四月入學後，曾有四、五個月的時間寄身於巽聖歌東京的家中。在這兩年多之間，新美南吉藉由名兒童文學作家、歌人巽聖歌的薰陶與引見，認識了諸多文學同儕，更受到西方文化盛行的首都東京的洗禮，心靈世界諸多斬穫，是可以想見的。

其實身體原本就虛弱的他，在二十一歲那年的二月，吐了他的第一口血。驚濤駭浪來襲前的繁華或寧靜，總帶著那麼幾分動人的戲劇性，所以〈小狐狸買手套〉可以說是，他在身子受重創前最意氣風發，最充滿希望的那一刻，所凝聚出來的結晶。

而這篇珠玉之作，之所以散發著非凡的光彩，「擬獸化」的表現應該功不可沒。新美南吉將自己化身為小狐狸，也將自己心目中最理想的母親形像，整個投注在狐狸媽媽的身上。這種「擬獸化」的寫法，使得作者能很客觀自在地刻劃，而不至於流於強迫性的自我抒發而顯得肉麻，也把親子之情透過可愛的動物，描寫得更具普遍性，更加莞爾動人。

無疑，小狐狸是很愛撒嬌的，被雪地的反光一刺到眼睛，就會馬上飛奔到母親的身旁求助。就像每一個幼童一般，渴望在母親的搖籃曲中睡著。相對地無疑，狐狸媽媽是位非常溫柔的母親，憂心忡忡地察看小狐狸的眼睛，對著孩子凍成紫紅牡丹色的小手呵熱氣，也跟人類的母親一樣，用極其溫柔的嗓音，唱搖籃歌哄孩子安心入睡……尤其是小狐狸鑽到狐狸媽媽肚子下面，一邊趴喳趴喳地眨著圓圓的眼睛，一邊東張西望地一路前行的那一幕，真是道盡了普天之下孩子依賴母親，母親衛護孩子的天性與真情。不同的是人類母親衛護的方式，是用手抱的、用背的，而此篇正因為「擬獸化」的功效，才能把親子互動描寫得這樣獨特可愛而溫馨。

就是這份令人動容的親子情，使得〈小狐狸買手套〉在五〇年代至六〇年代之間（昭和三〇年代到四〇年代初期），以新美南吉代表作之姿，被多家日本教科書所採用，曾經風光一時。但也因為描寫親子情當中的一個段落，遭專家質疑，面臨了很長時間的黑暗期。

事情的開端始於一九七〇年，文學評論家佐藤通雅在其論著《新美南吉童話論——自我放棄者的到達點》一書中，嚴詞寫道：「〈小狐狸買手套〉的評價相當高，在教科書與收音機中亦曾多次登場。但若要我一述個人的見解的話，我必須說，儘管此文讓人看到非常優秀的表現，但我內心卻無法順暢地讀完它。因為我無法理解，自己明明就懼怕人類而裹足不前的母親，怎麼會讓小狐狸獨自上街呢？……就一個在童話中登場的母親來說，難道不算失格嗎？正因為有這樣難以抹煞的難以理解，我沒法無條件地認可〈小狐狸買手套〉一文。」

由於佐藤在當時被認為是新美南吉研究的第一人，所以引起了很大的波瀾。有力者的這篇惡評一出，疑惑就如同滾動開來的雪球般越滾越大，導致〈小狐狸買手套〉沒〈權狐〉幸運，在教科書中消聲匿跡了許久。但也有擁護者為新美南吉緩頰。有人提到文中「…坊やだけを一人で町まで行かせることになりました。（…就只好讓小寶寶一個人到街上去了）。」的「…ことになりました」，就日文語法來說，足以意味著這是母子幾經商討的結果，並非母親怯懦的獨斷。

還有人引用日本人固有的「越是心疼的小孩，越是應該讓他出遠門」的說法，為狐狸媽媽辯護。正因為心疼自己的孩子，所以反而願意放手讓他們去冒險飛揚。甚至於有人還說，這正足以反應出新美南吉離家到東京，經歷了許多新體驗的高昂心情。所以新美南吉心目中最理想的母親形像，除了貼身的親密以外，必要時也還包括了按捺住自己關愛的焦慮，用遠遠的守護與等待，換取孩子的歷練與成長。如果您是屬於好動愛玩或喜歡冒險刺激的小孩，應該很容易體會這種說法吧？

其實，我個人與其說對這些母親形像的爭論感到興趣，倒不如說我欣賞整篇文章所散發出來的清新純淨質感，和一些很特別的靈巧描述。信手拈來皆見巧思，這也是此作最吸引人的地方。

例如，當小狐狸在柔軟如綿的雪地上到處奔馳時，「雪粉就像浪花般地飛濺，忽地映出了道小小的彩虹。」鮮明地抓住了一般人很容易看漏的美麗瞬間；「原來是雪從冷杉樹的枝枒上崩塌了下來。那如同白絹般的雪絲，還在枝幹與枝幹之間滑落著呢。」又是一幅生動的素描；「雖然漆漆黑黑的夜，張開了像包袱方巾般的陰影，想要來把原野跟森林包起來。但是，因為雪實在是太白了，再怎麼努力包拼命包，還是浮現著一層白色的光芒。」把黑夜比成方巾，包不住雪的白，在黑白的強烈對比下，鋪陳出比「擬人化」更有戲劇張力的效果……這些透著詩意的動態畫面，常埋伏在文中，適時帶給讀者驚喜。

另外，新美南吉在此作中對顏色的布局也很值得深究。無論現代繪畫或現代花藝，以單一色調呈現，往往是一種很前衛的象徵。而〈小狐狸買手套〉的主色調就是一整片「白」。白色的雪地撒著銀粉，白色的枝枒掛著銀絲，白色的狐皮透著銀光。白得清純當中，挾雜著一點點銀的優雅。在夜幕低垂後，在街道上散落一些星光般的多彩小燈泡，配上隱約可見的招牌色塊，確實洋溢出屬於昭和初期西洋化的浪漫。也許是因為這種浪漫，也許是因為二〇〇八年的聖誕節前後，我正在日本東京進行新美南吉此作的翻譯。不知為什麼，每看到聖誕燈飾，我就會想到〈小狐狸買手套〉中，活像聖誕節的街景。只是不知當年，新美南吉在一九三三年十二月二十六日完稿前，是否也曾意識到東京的耶誕氣氛呢？

這篇小巧精緻得好像「清新純淨娃娃屋」的童話小品，無論在寫作的技巧上，或刻劃「母子像」所呈現出來的完成度，都為新美南吉的童話世界，樹立了一座令人過目難忘的閃亮里程碑。

1

原文鑑賞

手袋《てぶくろ》を買《か》いに

新美南吉《にいみなんきち》

寒《さむ》い冬《ふゆ》が北方《ほっぽう》から、狐《きつね》の親子《おやこ》の棲《す》んでいる森《もり》へもやって来《き》ました。

或朝《あるあさ》洞穴《ほらあな》から子供《こども》の狐《きつね》が出《で》ようとしましたが、

「あっ」と叫《さけ》んで眼《め》を抑《おさ》えながら母《かあ》さん狐《ぎつね》のところへころげて来《き》ました。

「母《かあ》ちゃん、眼《め》に何《なに》か刺《さ》さった、ぬいて頂戴《ちょうだい》早《はや》く早《はや》く」と言《い》いました。

母《かあ》さん狐《ぎつね》がびっくりして、あわてふためきながら、眼《め》を抑《おさ》えている子供《こども》の手《て》を恐《おそ》る恐《おそ》るとりのけて見《み》ましたが、何《なに》も刺《さ》さってはいませんでした。母《かあ》さん狐《ぎつね》は洞穴《ほらあな》の入口《いりぐち》から外《そと》へ出《で》て始《はじ》めてわけが解《わか》りました。昨夜《さくや》のうちに、真白《まっしろ》な雪《ゆき》がどっさり降《ふ》ったのです。その雪《ゆき》の上《うえ》からお陽《ひ》さまがキラキラと照《て》らしていたので、雪《ゆき》は眩《まぶ》しいほど反射《はんしゃ》していたのです。雪《ゆき》を知《し》らなかった子供《こども》の狐《きつね》は、あまり強《つよ》い反射《はんしゃ》をうけたので、眼《め》に何《なに》か刺《さ》さったと思《おも》ったのでした。

子供《こども》の狐《きつね》は遊《あそ》びに行《い》きました。真綿《まわた》のように柔《やわら》かい雪《ゆき》の上《うえ》を駈《か》け廻《まわ》ると、雪《ゆき》の粉《こ》が、しぶきのように飛《と》び散《ち》って小《ちい》さい虹《にじ》がすっと映《うつ》るのでした。

すると突然《とつぜん》、うしろで、

「どたどた、ざーっ」と物凄《ものすご》い音《おと》がして、パン粉《こ》のような粉雪《こなゆき》が、ふわーっと子狐《こぎつね》におっかぶさって来《き》ました。子狐《こぎつね》はびっくりして、雪《ゆき》の中《なか》にころがるようにして十米《じゅうメートル》も向《む》こうへ逃《に》げました。何《なん》だろうと思《おも》ってふり返《かえ》って見《み》ましたが何《なに》もいませんでした。それは樅《もみ》の枝《えだ》から雪《ゆき》がなだれ落《お》ちたのでした。まだ枝《えだ》と枝《えだ》の間《あいだ》から白《しろ》い絹糸《きぬいと》のように雪《ゆき》がこぼれていました。

間《ま》もなく洞穴《ほらあな》へ帰《かえ》って来《き》た子狐《こぎつね》は、

「お母《かあ》ちゃん、お手々《てて》が冷《つめ》たい、お手々《てて》がちんちんする」と言《い》って、濡《ぬ》れて牡丹色《ぼたんいろ》になった両手《りょうて》を母《かあ》さん狐《ぎつね》の前《まえ》にさしだしました。母《かあ》さん狐《ぎつね》は、その手《て》に、は——っと息《いき》をふっかけて、ぬくとい母《かあ》さ

んの手《て》でやんわり包《つつ》んでやりながら、

3

「もうすぐ暖《あたたか》くなるよ、雪《ゆき》をさわると、すぐ暖《あたたか》くなるもんだよ」といいましたが、かあいい坊《ぼう》やの手《て》に霜焼《しもやけ》ができてはかわいそうだから、夜《よる》になったら、町《まち》まで行《い》って、坊《ぼう》やのお手々《てて》にあうような毛糸《けいと》の手袋《てぶくろ》を買《か》ってやろうと思《おも》いました。

暗《くら》い暗《くら》い夜《よる》が風呂敷《ふろしき》のような影《かげ》をひろげて野原《のはら》や森《もり》を包《つつ》みにやって来《き》ましたが、雪《ゆき》はあまり白《しろ》いので、包《つつ》んでも包《つつ》んでも白《しろ》く浮《うか》びあがっていました。

親子《おやこ》の銀狐《ぎんぎつね》は洞穴《ほらあな》から出《で》ました。子供《こども》の方《ほう》はお母《かあ》さんのお腹《なか》の下《した》へはいりこんで、そこからまんまるな眼《め》をぱちぱちさせながら、あっちやこっちを見《み》ながら歩《ある》いて行《い》きました。

4

やがて、行手《ゆくて》にぽっつりあかりが一《ひと》つ見《み》え始《はし》めました。それを子供《こども》の狐《きつね》が見《み》つけて、

「母《かあ》ちゃん、お星《ほし》さまは、あんな低《ひく》いところにも落《お》ちてるのねえ」とききました。

「あれはお星《ほし》さまじゃないのよ」と言《い》って、その時母《ときかあ》さん狐《ぎつね》の足《あし》はすくんでしまいました。

「あれは町《まち》の灯《ひ》なんだよ」

その町《まち》の灯《ひ》を見《み》た時《とき》、母《かあ》さん狐《ぎつね》は、ある時町《ときまち》へお友達《ともだち》と出《で》かけて行《い》って、とんだめにあったことを思出《おもいだ》しました。およしなさいっていうのもきかないで、お友《とも》達《だち》の狐《きつね》が、或《あ》る家《いえ》の家鴨《あひる》を盗《ぬす》もうとしたので、お百姓《ひゃくしょう》に見《み》つかって、さんざ追《お》いまくられて、命《いのち》からがら逃《に》げたことでした。

5

「母《かあ》ちゃん何《なに》してんの、早《はや》く行《い》こうよ」と子供《こども》の狐《きつね》がお腹《なか》の下《した》から言《い》うのでしたが、母《かあ》さん狐《ぎつね》はどうしても足《あし》がすすまないのでした。そこで、しかたがないので、坊《ぼう》やだけを一人《ひとり》で町《まち》まで行《い》かせることになりました。

「坊《ぼう》やお手々《てて》を片方《かたほう》お出《だ》し」とお母《かあ》さん狐《ぎつね》がいいました。その手《て》を、母《かあ》さん狐《ぎつね》はしばらく握《にぎ》っている間《あいだ》に、可愛《かわ》いい人間《にんげん》の子供《こども》の手《て》にしてしまいました。坊《ぼう》やの狐《きつね》はその手《て》をひろげたり握《にぎ》ったり、抓《つね》って見《み》たり、嗅《か》いで見《み》たりしました。

「何《なん》だか変《へん》だな母《かあ》ちゃん、これなあに？」と言《い》って、雪《ゆき》あかりに、またその、人間《にんげん》の手《て》に変《か》えられてしまった自分《じぶん》の手《て》をしげしげと見《み》つめました。

「それは人間《にんげん》の手《て》よ。いいかい坊《ぼう》や、町《まち》へ行《い》ったらね、たくさん人間《にんげん》の家《いえ》があるからね、まず表《おもて》に円《まる》いシャッポの看板《かんばん》のかかっている家《いえ》を探《さが》すんだよ。それが見《み》つかったらね、トントンと戸《と》を叩《たた》いて、今晩《こんばん》はって言《い》うんだよ。そうするとね、中《なか》から人間《にんげん》が、すこうし戸《と》をあけるからね、その戸《と》の隙間《すきま》から、こっちの手《て》、ほらこの人間《にんげん》の手《て》をさし入《い》れてね、この手《て》にちょうどいい手袋頂戴《てぶくろちょうだい》って言《い》うんだよ、わかったね、決《けっ》して、こっちのお手々《てて》を出《だ》しちゃ駄目《だめ》よ」と母《かあ》さん狐《ぎつね》は言《い》いきかせました。

「どうして?」と坊《ぼう》やの狐《きつね》はききかえしました。

「人間《にんげん》はね、相手《あいて》が狐《きつね》だと解《わか》ると、手袋《てぶくろ》を売《う》ってくれないんだよ、それどころか、掴《つか》まえて檻《おり》の中《なか》へ入《い》れちゃうんだよ、人間《にんげん》ってほんとに恐《こわ》いものなんだよ」

「ふーん」

6

「決《けっ》して、こっちの手《て》を出《だ》しちゃいけないよ、こっちの方《ほう》、ほら人間《にんげん》の手《て》の方《ほう》をさしだすんだよ」と言《い》って、母《かあ》さんの狐《きつね》は、持《も》って来《き》た二《ふた》つの白銅貨《はくどうか》を、人間《にんげん》の手《て》の方《ほう》へ握《にぎ》らせてやりました。

子供《こども》の狐《きつね》は、町《まち》の灯《ひ》を目《め》あてに、雪《ゆき》あかりの野原《のはら》をよちよちやって行《い》きました。始《はじ》めのうちは一《ひと》つきりだった灯《ひ》が二《ふた》つになり三《みっ》つになり、はては十《とお》にもふえました。狐《きつね》の子供《こども》はそれを見《み》て、灯《ひ》には、星《ほし》と同《おな》じように、赤《あか》いのや黄《き》いのや青《あお》いのがあるんだなと思《おも》いました。やがて町《まち》にはいりましたが通《とお》りの家々《いえいえ》はもうみんな戸《と》を閉《し》めてしまって、高《たか》い窓《まど》から暖《あたた》かそうな光《ひかり》が、道《みち》の雪《ゆき》の上《うえ》に落《お》ちているばかりでした。

7

けれど表《おもて》の看板《かんばん》の上《うえ》には大《たい》てい小《ちい》さな電燈《でんとう》がともっていましたので、狐《きつね》の子《こ》は、それを見《み》なが

ら、帽子屋《ぼうしや》を探《さが》して行《い》きました。自転車《じてんしゃ》の看板《かんばん》や、眼鏡《めがね》の看板《かんばん》やその他《ほか》いろんな看板《かんばん》が、あるものは、新《あたら》しいペンキで画《か》かれ、或《あ》るものは、古《ふる》い壁《かべ》のようにはげていましたが、町《まち》に始《はじ》めて出《で》て来《き》た子狐《こぎつね》にはそれらのものがいったい何《なん》であるか分《わか》らないのでした。

とうとう帽子屋《ぼうしや》がみつかりました。お母《かあ》さんが道々《みちみち》よく教《おし》えてくれた、黒《くろ》い大《おお》きなシルクハットの帽子《ぼうし》の看板《かんばん》が、青《あお》い電燈《でんとう》に照《てら》されてかかっていました。

子狐《こぎつね》は教《おし》えられた通《とお》り、トントンと戸《と》を叩《たた》きました。

「今晩《こんばん》は」

すると、中《なか》では何《なに》かことこと音《おと》がしていましたがやがて、戸《と》が一寸《いっすん》ほどゴロリとあいて、光《ひかり》の帯《おび》が道《みち》の白《しろ》い雪《ゆき》の上《うえ》に長《なが》く伸《の》びました。

子狐《こぎつね》はその光《ひかり》がまばゆかったので、めんくらって、まちがった方《ほう》の手《て》を、——お母《かあ》さまが出《だ》しちゃいけないと言《い》ってよく聞《き》かせた方《ほう》の手《て》をすきまか

らさしこんでしまいました。

「このお手々《てて》にちょうどいい手袋《てぶくろ》下《くだ》さい」

すると帽子屋《ぼうしや》さんは、おやおやと思《おも》いました。狐《きつね》の手《て》です。狐《きつね》の手《て》が手袋《てぶくろ》をくれと言《い》うのです。これはきっと木《こ》の葉《は》で買《か》いに来《き》たんだなと思《おも》いました。そこで、

「先《さき》にお金《かね》を下《くだ》さい」と言《い》いました。子狐《こぎつね》はすなおに、握《にぎ》って来《き》た白銅貨《はくどうか》を二《ふた》つ帽子屋《ぼうしや》さんに渡《わた》しました。帽子屋《ぼうしや》さんはそれを人差指《ひとさしゆび》のさきにのっけて、カチ合《あ》わせて見《み》ると、チンチンとよい音《おと》がしましたので、これは木《こ》の葉《は》じゃない、ほんとのお金《かね》だと思《おも》いましたので、棚《たな》から子供用《こどもよう》の毛糸《けいと》の手袋《てぶくろ》をとり出《だ》して来《き》て子狐《こぎつね》の手《て》に持《も》たせてやりました。子狐《こぎつね》は、お礼《れい》を言《い》ってまた、もと来《き》

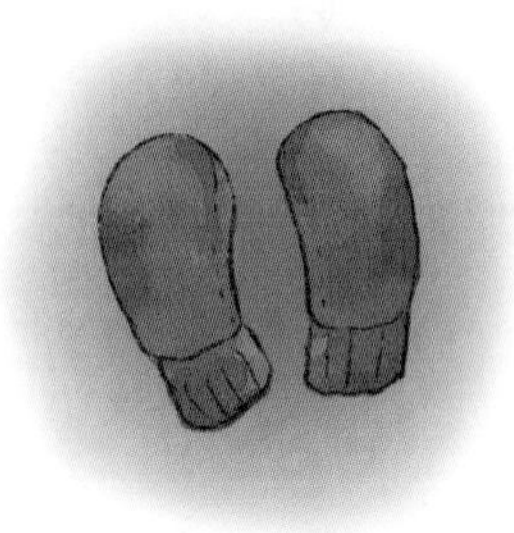

た道《みち》を帰《かえ》り始《はじ》めました。

「お母《かあ》さんは、人間《にんげん》は恐《おそ》ろしいものだって仰有《おっしゃ》ったがちっとも恐《おそ》ろしくないや。だって僕《ぼく》の手《て》を見《み》てもどうもしなかったもの」と思《おも》いました。けれど子《こ》狐《ぎつね》はいったい人間《にんげん》なんてどんなものか見《み》たいと思《おも》いました。

ある窓《まど》の下《した》を通《とお》りかかると、人間《にんげん》の声《こえ》がしていました。何《なん》というやさしい、何《なん》という美《うつく》しい、何《なん》と言《い》うおっとりした声《こえ》なんでしょう。

「ねむれねむれ
母《はは》の胸《むね》に、
ねむれねむれ
母《はは》の手《て》に――」

子狐《こぎつね》はその唄声《うたごえ》は、きっと人間《にんげん》のお母《かあ》さんの声《こえ》にちがいないと思《おも》いました。だって、子狐《こぎつね》が眠《ねむ》る時《とき》

10

にも、やっぱり母《かあ》さん狐《ぎつね》は、あんなやさしい声《こえ》でゆすぶってくれるからです。

するとこんどは、子供《こども》の声《こえ》がしました。

「母《かあ》ちゃん、こんな寒《さむ》い夜《よる》は、森《もり》の子狐《こぎつね》は寒《さむ》い寒《さむ》いって啼《な》いてるでしょうね」

すると母《かあ》さんの声《こえ》が、

「森《もり》の子狐《こぎつね》もお母《かあ》さん狐《ぎつね》のお唄《うた》をきいて、洞穴《ほらあな》の中《なか》で眠《ねむ》ろうとしているでしょうね。さあ坊《ぼう》やも早《はや》くねんねしなさい。森《もり》の子狐《こぎつね》と坊《ぼう》やとどっちが早《はや》くねんねするか、きっと坊《ぼう》やの方《ほう》が早《はや》くねんねしますよ」

それをきくと子狐《こぎつね》は急《きゅう》にお母《かあ》さんが恋《こい》しくなって、お母《かあ》さん狐《ぎつね》の待《ま》っている方《ほう》へ跳《と》んで行《い》きました。

お母《かあ》さん狐《ぎつね》は、心配《しんぱい》しながら、坊《ぼう》やの狐《きつね》の帰《かえ》って来《く》るのを、今《いま》か今《いま》かとふるえながら待《ま》っていましたので、坊《ぼう》やが来《く》ると、暖《あたたか》い胸《むね》に抱《だ》きしめて泣《な》きたいほど

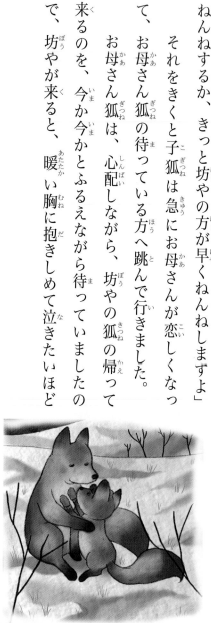

よろこびました。

二匹《にひき》の狐《きつね》は森《もり》の方《ほう》へ帰《かえ》って行《い》きました。月《つき》が出《で》たので、狐《きつね》の毛《け》なみが銀《ぎん》色《いろ》に光《ひか》り、その足《あし》あとには、コバルトの影《かげ》がたまりました。

「母《かあ》ちゃん、人間《にんげん》ってちっとも恐《こわ》かないや」

「どうして？」

「坊《ぼう》、間違《まちが》えてほんとうのお手々《てて》出《だ》しちゃったの。でも帽子屋《ぼうしや》さん、掴《つか》まえやしなかったもの。ちゃんとこんないい暖《あたたか》い手袋《てぶくろ》くれたもの」

と言《い》って手袋《てぶくろ》のはまった両手《りょうて》をパンパンやって見《み》せました。お母《かあ》さん狐《ぎつね》は、

「まあ！」とあきれましたが、「ほんとうに人間《にんげん》はいいものかしら。ほんとうに人間《にんげん》はいいものかしら」とつぶやきました。

中文翻譯

小狐狸買手套

新美南吉

寒冷的冬季打從北方來[1]，也來到了狐狸母子棲身的森林。

某天早晨，小狐狸正準備從洞穴裡出來時，突然「啊！」地大叫了一聲，他摀著眼睛滾到狐狸媽媽的身旁說：「媽媽，有東西刺到我眼睛了，快幫我拔出來，快點！快點啦！」

狐狸媽媽嚇了一大跳，驚慌失措中戰戰兢兢地掰開孩子摀著眼睛的手，看了一看，並沒發現扎著任何東西。當狐狸媽媽從洞穴口鑽了出來，她終於知道是怎麼一回事了。原來，昨天夜裏下了好多白皚皚的雪，在金光閃閃的陽光照耀下，雪地燦爛地反射了光線，從沒看過雪的小狐狸，被太過強烈的光芒一反射，就誤以為自己的眼睛被什麼東西給扎到了。

小狐狸跑出去玩了。當他在柔軟如綿的雪地上到處奔馳時，細雪就像浪花般地飛濺，忽地映出了一道小小

的彩虹。

這時，突然從後面傳來「趴搭趴搭，颯！」的巨響，像麵包粉般的細雪，輕輕柔柔地覆蓋了小狐狸的身上。小狐狸吃了一驚，一溜煙像滾進雪堆裡似地，霎時奔竄到了十公尺之外的遠方。他心想，發生了什麼事啊？但回頭一望卻什麼都沒有。原來是雪從冷杉樹的枝椏上崩塌了下來。那如同白絹般的雪絲，還在枝幹間滑落著呢。

不久後回到洞穴的小狐狸，在狐狸媽媽面前，伸出了自己兩隻凍成了牡丹色的紫紅小手說：「媽媽，手手好冷喔！手手刺刺痛痛的！」狐狸媽媽對著那雙手兒呼呼地吹了口熱氣後，一面輕柔地用媽媽溫暖的手握著，一面對著孩子說：「很快就會變暖的，只是碰觸到雪而已，應該是馬上就可以回暖的啦！」❷但她心裡忖度著，要是讓可愛寶貝兒子的手凍傷的話就太可憐了，晚上就去街上，為寶寶的小手買雙合適的毛線手套吧。

漆黑的夜為大地蒙上了一片黑影，就像塊大方巾似地，想要把原野跟森林包起來。但因為雪實在是太白了，再怎麼努力包拼命包，還是浮現著一層白色的光芒。

銀狐母子從洞穴裡出來了。小狐狸鑽到狐狸媽媽肚子下面，圓圓的眼睛在那兒一邊吧嗒吧嗒地眨著，一邊東張西望地走著。

過了不久，前方出現了一盞孤燈。小狐狸看到後問說：「媽媽，星星也會掉落在那麼低的地方嗎？」狐狸媽媽回答說：「那可不是星星喔！」然後就畏縮地停下了腳步。

「那是街上的燈光哪。」

看到那盞街燈，狐狸媽媽想起了某次跟朋友上街，遭到人類殘酷對待的往事。因為狐狸朋友怎樣都不聽勸阻，硬是要去偷別人家的鴨子，被農民發現，而被狠狠地到處追趕，好不容易才逃開保住了一命呢。

雖然小狐狸在肚子底下催促說：「媽媽，妳在做什麼呀？快走嘛！」，狐狸媽媽卻再怎樣也無法往前移動一下腳步了。因為別無他法，於是只好讓小寶寶一個人到街上去。

狐狸媽媽開口說：「乖兒子，把手手伸一隻出來！」，狐狸媽媽握了一陣子之後，那隻手竟變成了一隻很可愛的人類小孩的手。小狐狸一下子張開一下子緊握那隻手，又是抓抓看，又是聞一聞地玩了起來。

「有點怪怪的耶，媽媽！這是什麼呀？」他說著，興趣盎然地頻頻盯著雪地裡的燈光，對著自己被變成人手的小手猛瞧。

「那是人類的手呀。乖兒子，你要聽好喔！一到街上啊，會有許多人類的房子。首先，你要找一間外面掛著圓帽子招牌的房子。如果找到了，就咚咚地敲敲門，要記得說聲晚安唷！這樣一來呀，人類就會從裡頭，把門稍稍地打開一些些。這時候你啊，就從那門縫兒，把這隻手，你瞧，就是這隻人類的手給伸進去。要記得說，請給我剛好和這隻手大小合適的手套。明白了嗎？絕對不可以把這邊的手手給拿出來喔！」狐狸媽媽仔細叮嚀了一番。

「為什麼呢？」小狐狸反問了一聲。

「人類呀，一知道對方是隻狐狸的話，就會不願意賣手套給我們囉。不光是這樣，還會將我們一把抓起來關進牢籠裏呢。人類啊，可是非常可怕的東西喲！」

「是嗎？」

「絕對不可以伸出這邊的手唷。要伸出去的是這邊，注意！是人手的這一邊喔！」說完，狐狸媽媽把帶來的兩個白銅幣❸讓孩子握在人手的那一邊。

　小狐狸以街燈為標的，在雪光掩映的原野上搖搖晃晃地向前走去。一開始原本只有一盞的燈火，變成兩盞，又變成三盞，最後甚至增加到了十盞。小狐狸看著看著，覺得燈火也跟星星一樣，有紅的、黃的、藍的，什麼顏色都有。結果雖然是走到街上了，但是路邊的家家戶戶卻都緊閉著門，只有從高高的窗戶，透出了看起來很溫暖的燈光，撒落在路旁的雪地上。

　但是門外的招牌上，大都點著小小的電燈，所以小狐狸就循著燈光，一邊尋找帽子店。街上有著腳踏車、眼鏡的招牌，和其他各式各樣的招牌；有的是用新的油漆畫出來的，有的則像舊牆壁一樣脫落斑駁，但是初次上街的小狐狸，倒是不太清楚那些東西究竟是些什麼。

　終於找到帽子店了。媽媽把路線都解釋地很清楚，畫著大大的黑絲絨禮帽的招牌，就懸掛在藍色電燈的光圈中。小狐狸照著媽媽教的，咚咚地敲了敲門。

「晚安。」

才一說完，裡頭發出了一種嘎啦嘎啦的聲響。不久，房門便喀隆地開了一寸寬左右的細縫，一道光線在街道的白雪上長長地伸展了開來。

小狐狸因為那道光太過耀眼，一時慌了手腳，竟然把錯的那一隻手——也就是媽媽一再叮囑他不可以拿出來的那隻手，從細縫間伸了進去。

「請給我合適這隻手大小可以戴的手套。」

帽子店的人心頭昇起一陣疑惑。是隻狐狸的手耶！狐狸的手竟然在說「給我手套」呢！他暗想，這肯定是想要用枯葉付錢的吧？於是他就說：「先把錢給我。」

小狐狸率真地把來時緊握著的兩個白銅幣交給了帽子店的人。帽子店的人把銅板擺在食指指尖上，互相碰撞了一下，銅板發出了鏘鏘噹噹的悅耳聲響，因此他認定這不是枯葉，是真正的錢。於是他從架子上拿來兒童用的毛線手套，交到小狐狸的手中。小狐狸道了聲謝後，就開始順著來時路回家。

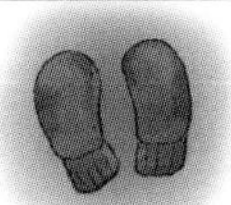

小狐狸心裏想著：「媽媽告訴我說，人類是可怕的東西，但是一點兒都不會呀。剛才的人明明看到我的手了，也沒對我怎樣呀！」但是，小狐狸還是很想看看人類究竟是什麼樣的東西。

在經過一扇窗下時，響起了人類的聲音。聽起來，是多麼慈祥，多麼美，多麼溫和柔雅的聲音呀！

「睡吧　睡吧

在媽媽的懷裡

睡吧　睡吧

在媽媽的手裡——」

小狐狸心想，那歌聲一定是人類媽媽的聲音，因為當小狐狸睡覺的時候，狐狸媽媽也是用那溫柔的聲音輕搖著自己的呀。

這時，出現的是小孩子的聲音。

「媽媽，這麼寒冷的夜裡，森林中的小狐狸應該會不停地喊著好冷好冷吧！」

接著是媽媽的聲音。「森林中的小狐狸應該也是聽著他媽媽的歌，在洞穴裡快睡著了吧。來，小乖乖也要快點睡呀！看森林的小狐狸跟小乖乖，究竟哪一個會先睡覺覺喲，一定是我們家的小乖會先睡著的唷！」

聽到了這些話，小狐狸突然想念起了媽媽，就縱身往狐狸媽媽等待的地方飛奔過去。

狐狸媽媽正因擔心而顫抖著，心急如焚地苦等著小狐狸的歸來。所以當小狐狸一回來時，狐狸媽媽高興到幾乎想把他抱進自己溫暖的懷裡哭個痛快。

兩隻狐狸往森林的方向走了回去。因為月亮出來了，狐狸的毛皮閃著銀光；在他們的腳印子裡，則聚積著銀灰色的影子。

「媽媽，人類呀，可一點兒都不恐怖呢！」

「為什麼？」

「人家搞錯了，把真正的手手給伸出去了唷！但是帽子店的人並沒有把我抓住呀，還真的給了我這麼棒這麼溫暖的手套呢！」說著說著，小狐狸還用戴著手套的雙手趴搭趴搭地拍打給媽媽看。狐狸媽媽拿寶貝兒子沒辦法，應了聲：「喔，是嗎？」然後就獨自地嘟噥了起來：「人類真的是好的嗎？真的是友善的嗎？」

註解

❶ 寒冷的冬季打從北方來：日本人傳統信仰中，相信天地萬物皆有神靈，所以使他們比其他民族更慣用擬人化表現。在此處也是把「季節」擬人化，表達出一種溫馨可愛的親切感。

❷ 「雪をさわると、すぐ暖くなるもんだよ」是「雪を触って（手が冷たくなったとして）も、すぐ暖かくなる」的意思。

❸ 白銅幣：日本大正時代開始發行的錢幣，由75%的銅與25%的鎳合成。

由疏離編織出的淡淡哀愁

〈權狐〉

陳慶彰

MSN加上視訊，人們的連繫真是越來越方便了。然而方便歸方便，總覺得隔了一座山。顯然現代科技，並沒能解決自古以來一直存在的深層遺憾——「疏離感」。「相識滿天下，知己有幾人」，相信大家都聽過。穿梭於冠蓋雲集場合的許多政商名流，雖然成天跟許多人說了許多話，但揮之不去的往往只是「寂寞」而已。

「疏離感」與「溫情」，好似一塊銅板的兩面，雖然一邊惹人厭一邊挺討喜，但卻如影隨形相互作用。疏離感越強，我們就越有需求想去追求親情、友情，甚至愛情，所以兩者都是文學與戲劇永遠的題裁。

提到疏離感，新美南吉絕不陌生。他那眾所周知的乖違身世，諸如本名「渡辺正八」，其實是承襲了出生才十八天就夭折的兄長的名字，生母早逝仰賴繼母撫養，八歲過繼給沒血緣關係的外祖母（母親的繼母），因無法適應又回「生家」，但心靈早已傷痕累累。這一切在在都影響了他與人互動的模式與表達能力。身體單薄多病的這一點，更是雪上加霜。所以寄情文學，對他來說也算是一種癒療。

渡辺多藏，這位血緣上應該與他最親的父親，是個堅實而嗜好「講談」的榻榻米匠人。沉默寡言、實事求是的他當然難以舒解，多愁善感又神經質的新美南吉那心中盤根錯節的孤獨，反而因拙於溝通時時產生催化「疏離感」的副作用。所以不管從正、反兩面來說，其父多藏，對新美南吉的文學都有頗大的影響。

所謂「講談」是由講談師跪坐在叫做「釋臺」的低矮小桌前，時而用扇子敲打打來控制輕重緩急的一種「日本說書」。往往如同三弦琴般，激盪出一種逼人的節奏感。以歷史故事為中心，包括戰國軍史、治國軼事……等等。起源於戰國時代，專為長期爭戰的將軍們解悶的「說故事者」。所以話題當然偏向於將軍們所愛聽的軍事，而且非要講得浩然緊湊盪氣迴腸不可，就如同現在日本ＮＨＫ的大河連續劇一樣。在江戶時代先變成街頭演藝，大受歡迎之後，進化到在專用小屋中表演，叫作「講釋」，即是「講談」的前身。進入明治以後，在軍事、政治題材中加入歌舞伎、戲劇，風靡一時，確立定名為「講談」。講談師慣於以居高臨下的姿態，直接了當地對觀眾抒發中心的思想，雖然帶點封建但不失娛樂與勸善的效果。

因受父親影響，這些從小新美南吉就耳濡目染的「講談」元素，依稀在〈權狐〉一文中留下了許多痕跡。例如，在起頭的引子上，硬是要抬出對整篇結構並沒多大作用的「中山城中的中山老爺」，有講談刻意強調歷史淵源的意味。再如，「小權……辟哩啪啦地一條接一條丟了進去。每條魚都『噗通』一聲，往混濁的水中游竄無蹤。……小權……把頭鑽進魚簍裡，一口就咬住了鰻魚的頭。鰻魚啾地叫了一聲，捲上了小權的脖子。」簡直就是一場緊湊明快、聲光俱佳，引人入勝的戰爭。新美南吉也跟講談師一樣，將「小孩子不該胡亂搗蛋」和「心靈與心靈之間難以填平的鴻溝」這兩個鮮明的主題，直接了當地向讀者傳達。「講談」的影響，使得新美南吉所寫的〈權狐〉顯得少年老成，甚至於有些老氣橫秋。

但是，文中主角狐狸小權，不同於整篇的凝重氣氛，顯得非常天真。幾乎每個孩子所該有的特質牠都擁有。為了引人注意，到處調皮搗蛋。可是當發現自己有錯時，卻很能反省，也願意盡力去贖罪補償。然而，當自己努力的結果，被誤認為是神的作為時，也會犯起了小心眼，憤憤不平地覺得自己很吃虧。這一切反應跟一般小孩一樣子，都顯得那麼自然而容易理解。所以很能引發兒童與其父母親的共鳴。

說到共鳴，〈權狐〉中「哀《あわ》れ」的表現也是勾起每個日本人最深層神經的要素。「哀《あわ》れ」代表一種淡淡的哀愁，是日本固有的美意識裡很重要的一環。舉凡聽日本演歌，看日本連續劇，都總帶著那麼一點點愁思。但並不是呼天搶地的那一種，也正因為內斂含蓄，才更能將「悽美」醞釀得那麼具有優雅的感染力。自從千餘年前的平安時代開始，「哀《あわ》れ」就是日本文學表現的基調，如果想體會這點，可以翻閱「紫式部」所寫的王朝戀愛長篇名著《源氏物語》，定能體會出日本人那種從萬物更迭中體會出來的無常之美。如若不然，也可以從有異曲同工之妙的《紅樓夢》中稍作領略。

「……小權到墓地去，躲在六地藏菩薩雕像的背後。天氣很好，城堡頂上的屋瓦，在遙遠的彼端一閃一閃地散發著亮光。墓地上，彼岸花就像塊紅色的布匹一樣，絡繹不絕地爭相怒放。……送葬行列進到墓地裡來了。人們走過之處，彼岸花被踩斷了一地。」這是兵十母親出殯的一幕。風和日麗下，整片彼岸花像火燄一般燃燒著。以燦爛的亮麗來烘托對照送葬行列的哀淒，也用彼岸花象徵送葬者為死者悼念、送行的真心。然而怒放的彼岸花最後，終究還是被踩斷了一地。這位十八歲的少年，顯然已能滲透繁華背後蘊含的蒼茫，也著實承襲了日本古典美——「哀れ《あわ》」的本質。

新美南吉為何選擇狐狸小權來當自己的化身呢？有說法是，因為小狐狸擁有可愛神秘的特質，又常出沒於自家附近的一座像饅頭一樣的小山「權現山」，是他自幼就熟悉的動物。二來，日本人將人臉分成細長形的「狐狸臉」與圓短的「狸貓臉」。清秀纖細的新美南吉無論樣貌或個性，都與狐狸頗為相近。

新美南吉讓自己的化身取名為「權」，而且讓牠挖洞獨居於「權現山」中。小權被設定為無父無母的孤兒，反應出新美南吉內心深處無以為寄的孤絕。而且因為自己渴望母愛，所以對於兵十喪母特別感同身受。竭盡所能地去關照兵十，應該不只是為了補償。但是，再怎樣努力，都無法獲得自己想要的一點點寬恕與諒解，甚至，最後死於兵十誤解的一槍。而知道真相後的兵十，心中的遺憾與悔恨又豈能不痛？是否人間的疏離，真是這樣永遠難以跨越嗎？作者把這份疏離描寫得好痛、好痛！但再怎麼痛，都只化為槍口的一縷青煙，很淡、很淡！

猶記得，翻譯到這最後一段時，我曾很驚訝自己竟然也被那一縷青煙燻到了眼睛。

全文圍繞著新美南吉熟悉的家園打轉。那份通篇洋溢著的，對家園的質樸深情，激發了每一個不愛遷徙、慣於落地生根的日本人的鄉愁。而深沉的疏離感和淡淡的哀愁，更點到了在情感表達上，有些自閉傾向的日本人的穴道。難怪〈權狐〉一文會君臨日本小學課本五十餘年，也難怪，整個新美南吉家鄉半田市，幾乎已經與〈權狐〉的世界同化了。

新美南吉這位日本童話作家，在十八歲那年透過〈權狐〉，樹立了他文弱少年才子的形象，也確立了屬於他自己文學風格的「原型」。可以預見的是，文中強調的主題，將會越來越貼近活在現代環境的世人。

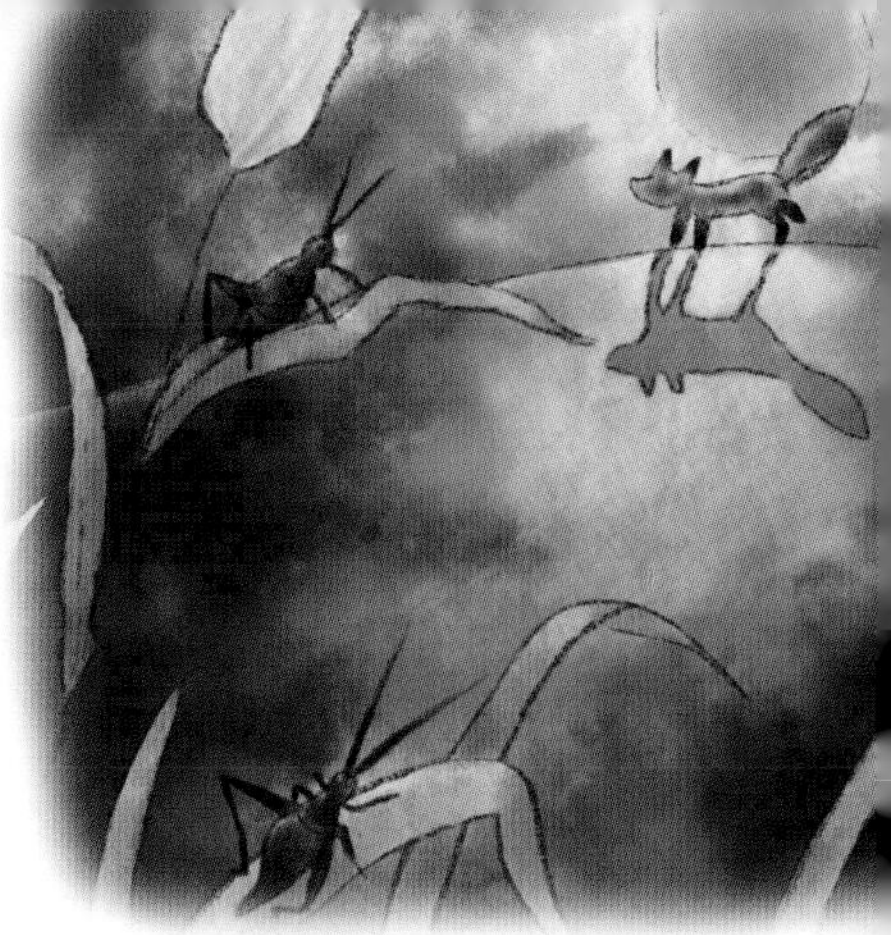

原文鑑賞

ごん狐《ぎつね》

11

新美南吉《にいみなんきち》

一

これは、私《わたし》が小《ちい》さいときに、村《むら》の茂平《もへい》というおじいさんからきいたお話《はなし》です。

むかしは、私《わたし》たちの村《むら》のちかくの、中山《なかやま》というところに小《ちい》さなお城《しろ》があって、中山《なかやま》さまというおとのさまが、おられたそうです。

　その中山《なかやま》から、少《すこ》しはなれた山《やま》の中《なか》に、「ごん狐《ぎつね》」という狐《きつね》がいました。ごんは、一人《ひとり》ぼっちの小狐《こぎつね》で、しだの一《いっ》ぱいしげった森《もり》の中《なか》に穴《あな》をほって住《す》んでいました。そして、夜《よる》でも昼《ひる》でも、あたりの村《むら》へ出《で》てきて、いたずらばかりしました。はたけへ入《はい》って芋《いも》をほりちらしたり、菜種《なたね》がらの、ほしてあるのへ火《ひ》をつけたり、百姓家《ひゃくしょうや》の裏手《うらて》につるしてあるとんがらしをむしりとって、いったり、いろんなことをしました。

12

　或秋《あるあき》のことでした。二《に》、三日雨《さんにちあめ》がふりつづいたその間《あいだ》、ごんは、外《そと》へも出《で》られなくて穴《あな》の中《なか》にしゃがんでいました。

　雨《あめ》があがると、ごんは、ほっとして穴《あな》からはい出《で》ました。空《そら》はからっと晴《は》れていて、百舌鳥《もず》の声《こえ》がきんきん、ひびいていました。

ごんは、村《むら》の小川《おがわ》の堤《つつみ》まで出《で》て来《き》ました。あたりの、すすきの穂《ほ》には、まだ雨《あめ》のしずくが光《ひか》っていました。川《かわ》は、いつもは水《みず》が少《すく》ないのですが、三日《みっか》もの雨《あめ》で、水《みず》が、どっとましていました。ただのときは水《みず》につかることのない、川《かわ》べりのすすきや、萩《はぎ》の株《かぶ》が、黄《き》いろくにごった水《みず》に横《よこ》だおしになって、もまれています。ごんは川下《かわしも》の方《ほう》へと、ぬかるみみちを歩《ある》いていきました。

ふと見《み》ると、川《かわ》の中《なか》に人《ひと》がいて、何《なに》かやっています。ごんは、見《み》つからないように、そうっと草《くさ》の深《ふか》いところへ歩《ある》きよって、そこからじっとのぞいてみました。

「兵十《ひょうじゅう》だな」と、ごんは思《おも》いました。兵十《ひょうじゅう》はぼろぼろの黒《くろ》いきものをまくし上《あ》げて、腰《こし》のところまで水《みず》にひたりながら、魚《さかな》をとる、はりきりという、網《あみ》をゆすぶっていました。はちまきをした顔《かお》の横《よこ》っちょうに、まるい萩《はぎ》の葉《は》が一《いち》まい、大《おお》きな黒子《ほくろ》みた

13

いにへばりついていました。

しばらくすると、兵十《ひょうじゅう》は、はりきり網《あみ》の一《いち》ばんうしろの、袋《ふくろ》のようになったところを、水《みず》の中《なか》からもちあげました。その中《なか》には、芝《しば》の根《ね》や、草《くさ》の葉《は》や、くさった木《き》ぎれなどが、ごちゃごちゃはいっていましたが、でもところどころ、白《しろ》いものがきらきら光《ひか》っています。それは、ふというなぎの腹《はら》や、大《おお》きなきすの腹《はら》でした。兵十《ひょうじゅう》は、びくの中《なか》へ、そのうなぎやきすを、ごみと一《いっ》しょにぶちこみました。そして、また、袋《ふくろ》の口《くち》をしばって、水《みず》の中《なか》へ入《い》れました。

　兵十《ひょうじゅう》はそれから、びくをもって川《かわ》から上《あが》りびくを土手《どて》においといて、何《なに》をさがしにか、川上《かわかみ》の方《ほう》へかけていきました。

　兵十《ひょうじゅう》がいなくなると、ごんは、ぴょいと草《くさ》の中《なか》からとび出《だ》して、びくのそばへかけつけました。ちょいと、いたずらがしたくなったのです。ごんはびくの中《なか》の魚《さかな》をつかみ出《だ》しては、はりきり網《あみ》のかかっているところより下手《しもて》の川《かわ》の中《なか》を目《め》がけて、ぽんぽんなげこみました。どの魚《さかな》も、「とぼん」と音《おと》を立《た》てながら、にごった水《みず》の中《なか》へもぐりこみました。

一《いち》ばんしまいに、太《ふと》いうなぎをつかみにかかりましたが、何《なに》しろぬるぬるとすべりぬけるので、手《て》ではつかめません。ごんはじれったくなって、頭《あたま》をびくの中《なか》につッこんで、うなぎの頭《あたま》を口《くち》にくわえました。うなぎは、キュッと言《い》ってごんの首《くび》へまきつきました。そのとたんに兵十《ひょうじゅう》が、向《むこ》うから、

「うわアぬすと狐《ぎつね》め」と、どなりたてました。ごんは、びっくりしてとびあがりました。うなぎをふりすててにげようとしましたが、うなぎは、ごんの首《くび》にまきついたままはなれません。ごんはそのまま横《よこ》っとびにとび出《だ》して一《いっ》しょうけんめいに、にげていきました。

ほら穴《あな》の近《ちか》くの、はんの木《き》の下《した》でふりかえって見《み》ましたが、兵十《ひょうじゅう》は追《お》っ

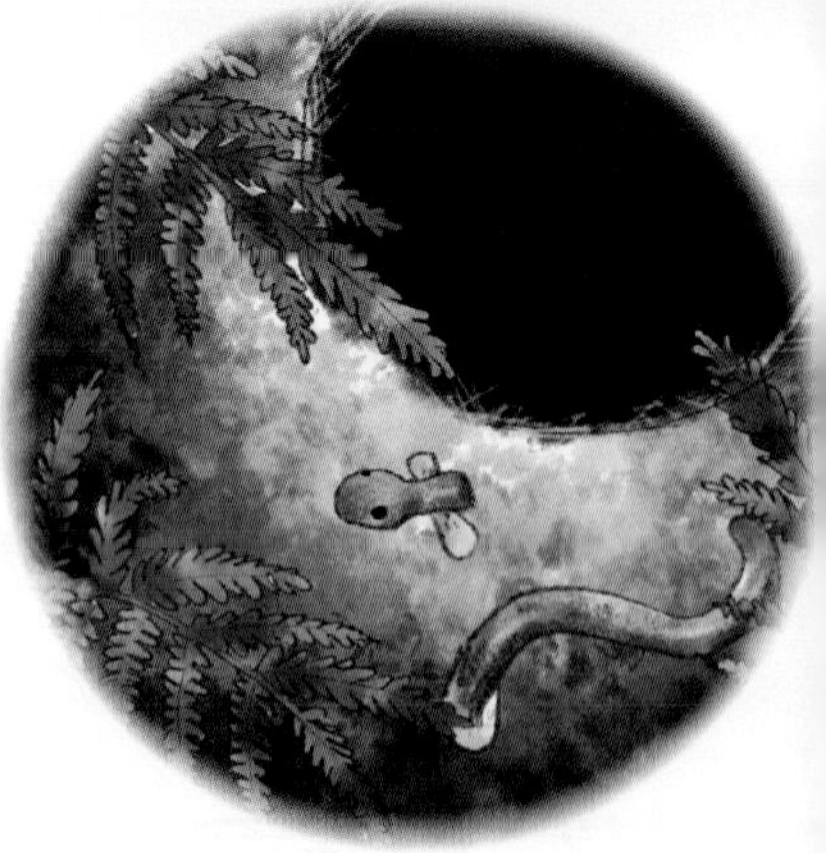

かけては来《き》ませんでした。

ごんは、ほっとして、うなぎの頭《あたま》をかみくだき、やっとはずして穴《あな》のそとの、草《くさ》の葉《は》の上《うえ》にのせておきました。

二

15

十日《とおか》ほどたって、ごんが、弥助《やすけ》というお百姓《ひゃくしょう》の家《いえ》の裏《うら》を通《とお》りかかりますと、そこの、いちじくの木《き》のかげで、弥助《やすけ》の家内《かない》が、おはぐろをつけていました。鍛冶屋《かじや》の新兵衛《しんべえ》の家《いえ》のうらを通《とお》ると、新兵衛《しんべえ》の家内《かない》が髪《かみ》をすいていました。ごんは、

「ふふん、村《むら》に何《なに》かあるんだな」と、思《おも》いました。

「何《なん》だろう、秋祭《あきまつり》かな。祭《まつり》なら、太鼓《たいこ》や笛《ふえ》の音《おと》がしそうなものだ。それに第一《だいいち》、お宮《みや》にのぼりが立《た》つはずだが」

こんなことを考《かんが》えながらやって来《き》ますと、いつの間《ま》にか、表《おもて》に赤《あか》い井戸《いど》のある、兵十《ひょうじゅう》の家《いえ》の前《まえ》へ来《き》ました。その小《ちい》さな、こわれかけた家《いえ》の中《なか》には、大勢《おおぜい》の人《ひと》があつまっていました。よそいきの着物《きもの》を着《き》て、腰《こし》に手拭《てぬぐい》をさげたりした女《おんな》たちが、表《おもて》のかまどで火《ひ》をたいていました。大《おお》きな鍋《なべ》の中《なか》では、何《なに》かぐずぐず煮《に》えていました。

「ああ、葬式《そうしき》だ」と、ごんは思《おも》いました。

「兵十《ひょうじゅう》の家《うち》のだれが死《し》んだんだろう」

お午《ひる》がすぎると、ごんは、村《むら》の墓地《ぼち》へ行《い》って、六地蔵《ろくじぞう》さんのかげにかくれていました。いいお天気《てんき》で、遠《とお》く向《む》うには、お城《しろ》の屋根瓦《やねがわら》が光《ひか》っています。墓地《ぼち》には、ひがん花《ばな》が、赤《あか》い布《きれ》のよう

にさきつづいていました。と、村《むら》の方《ほう》から、カーン、カーン、と、鐘《かね》が鳴《な》って来《き》ました。葬式《そうしき》の出《で》る合図《あいず》です。

やがて、白《しろ》い着物《きもの》を着《き》た葬列《そうれつ》のものたちがやって来《き》るのがちらちら見《み》えはじめました。話声《はなしごえ》も近《ちか》くなりました。葬列《そうれつ》は墓地《ぼち》へはいって来《き》ました。人々《ひとびと》が通《とお》ったあとには、ひがん花《ばな》が、ふみおられていました。

ごんはのびあがって見《み》ました。兵十《ひょうじゅう》が、白《しろ》いかみしもをつけて、位牌《いはい》をささげています。いつもは、赤《あか》いさつま芋《いも》みたいな元気《げんき》のいい顔《かお》が、きょうは何《なん》だかしおれていました。

「ははん、死《し》んだのは兵十《ひょうじゅう》のおっ母《かあ》だ」

ごんはそう思《おも》いながら、頭《あたま》をひっこめました。

その晩《ばん》、ごんは、穴《あな》の中《なか》で考《かんが》えました。

「兵十《ひょうじゅう》のおっ母《かあ》は、床《とこ》についていて、うなぎが食《た》べたいと言《い》ったにちがいない。それで兵十《ひょうじゅう》がはりきり網《あみ》をもち出《だ》したんだ。ところが、わしがいたずらをして、うなぎをとって来《き》てしまった。だから兵十《ひょうじゅう》は、おっ母《かあ》にうなぎを食《た》べさせることができなかった。そのままおっ母《かあ》は、死《し》んじゃったにちがいない。ああ、うなぎが食《た》べたい、うなぎが食《た》べたいとおもいながら、死《し》んだんだろう。ちょッ、あんないたずらをしなけりゃよかった。」

17

三

兵十《ひょうじゅう》が、赤《あか》い井戸《いど》のところで、麦《むぎ》をといでいました。

兵十《ひょうじゅう》は今《いま》まで、おっ母《かあ》と二人《ふたり》きりで、貧《まず》しいくらしをしていたもので、おっ母《かあ》が死《し》んでしまっては、もう一人《ひとり》ぼっちでした。

「おれと同《おな》じ一人《ひとり》ぼっちの兵十《ひょうじゅう》か」

こちらの物置《ものおき》の後《うしろ》から見《み》ていたごんは、そう思《おも》いました。

ごんは物置《ものおき》のそばをはなれて、向《むこ》うへいきかけますと、どこかで、いわしを売《う》る声《こえ》がします。

「いわしのやすうりだアい。いきのいいいわしだアい」

ごんは、その、いせいのいい声《こえ》のする方《ほう》へ走《はし》っていきました。と、弥助《やすけ》のおかみさんが、裏戸口《うらとぐち》から、

「いわしをおくれ。」と言《い》いました。いわし売《うり》は、いわしのかごをつんだ車《くるま》を、道《みち》ばたにおいて、ぴかぴか光《ひか》るいわしを両手《りょうて》でつかんで、弥助《やすけ》の家《いえ》の中《なか》へもってはいりました。ごんはそのすきまに、かごの中《なか》から、五《ご》、六《むっ》ぴきのいわしをつかみ出《だ》して、もと来《き》た方《ほう》へかけだしました。そして、兵十《ひょうじゅう》の家《いえ》の裏口《うらぐち》から、家《いえ》の中《なか》へいわしを投《な》げこんで、穴《あな》へ向《むか》ってかけもどりました。途中《とちゅう》の坂《さか》の上《うえ》でふりかえって

見《み》ますと、兵十《ひょうじゅう》がまだ、井戸《いど》のところで麦《むぎ》をといでいるのが小《ちい》さく見《み》えました。

ごんは、うなぎのつぐないに、まず一《ひと》つ、いいことをしたと思《おも》いました。

つぎの日《ひ》には、ごんは山《やま》で栗《くり》をどっさりひろって、それをかかえて、兵《ひょう》十《じゅう》の家《いえ》へいきました。裏口《うらぐち》からのぞいて見《み》ますと、兵十《ひょうじゅう》は、午飯《ひるめし》をたべかけて、茶椀《ちゃわん》をもったまま、ぼんやりと考《かんが》えこんでいました。へんなことには兵十《ひょうじゅう》の頬《ほっ》ぺたに、かすり傷《きず》がついています。どうしたんだろうと、ごんが思《おも》っていますと、兵《ひょう》十《じゅう》がひとりごとをいいました。

「一《いっ》たいだれが、いわしなんかをおれの家《いえ》へほうりこんでいったんだろう。おかげでおれは、盗人《ぬすびと》と思《おも》われて、いわし屋《や》のやつに、ひどい目《め》にあわされた」と、ぶつぶつ言《い》っています。

ごんは、これはしまったと思《おも》いました。かわいそうに兵十《ひょうじゅう》は、いわし屋《や》にぶんなぐられて、あんな傷《きず》までつけられたのか。

ごんはこうおもいながら、そっと物置《ものおき》の方《ほう》へまわってその入口《いりぐち》に、栗《くり》をおいてかえりました。

つぎの日《ひ》も、そのつぎの日《ひ》もごんは、栗《くり》をひろっては、兵十《ひょうじゅう》の家《いえ》へもって来《き》てやりました。そのつぎの日《ひ》には、栗《くり》ばかりでなく、まつたけも二《に》、三《さん》ぼんもっていきました。

四

月《つき》のいい晩《ばん》でした。ごんは、ぶらぶらあそびに出《で》かけました。中山《なかやま》さまのお城《しろ》の下《した》を通《とお》ってすこしいくと、細《ほそ》い道《みち》の向《む》うから、だれか来《く》るようです。話声《はなしごえ》が聞《き》えます。チンチロリン、チンチロリンと松虫《まつむし》が鳴《な》いて

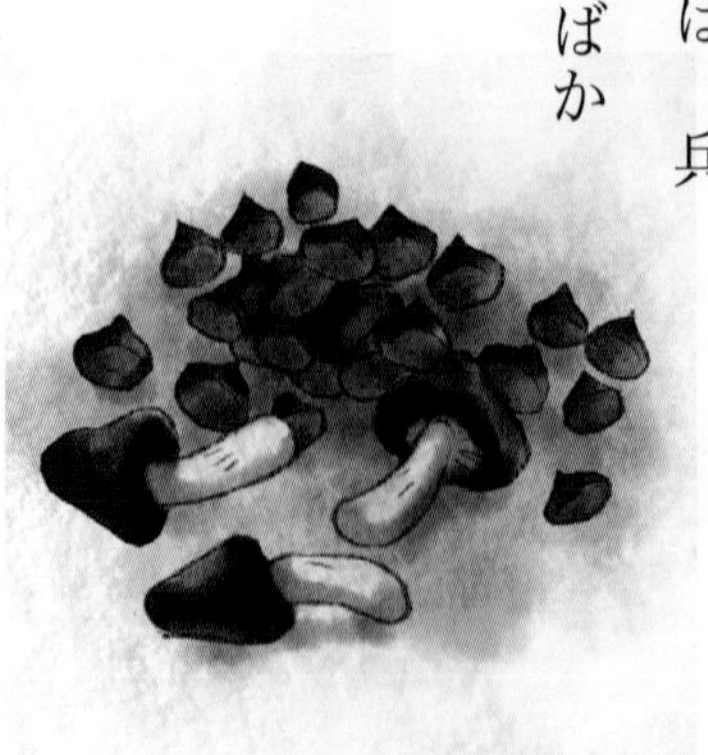

います。

ごんは、道《みち》の片《かた》がわにかくれて、じっとしていました。話声《はなしごえ》はだんだん近《ちか》くなりました。それは、兵十《ひょうじゅう》と加助《かすけ》というお百姓《ひゃくしょう》でした。

「そうそう、なあ加助《かすけ》」と、兵十《ひょうじゅう》がいいました。

「ああん?」

「おれあ、このごろ、とてもふしぎなことがあるんだ」

「何《なに》が?」

「おっ母《か》が死《し》んでからは、だれだか知《し》らんが、おれに栗《くり》やまつたけなんかを、まいにちまいにちくれるんだよ」

「ふうん、だれが?」

「それがわからんのだよ。おれの知《し》らんうちに、おいていくんだ」

ごんは、ふたりのあとをつけていきました。

「ほんとかい?」

「ほんとだとも。うそと思《おも》うなら、あした見《み》に来《こ》いよ。その栗《くり》を見《み》せてやるよ」

20

「へえ、へんなこともあるもんだなア」

それなり、二人《ふたり》はだまって歩《ある》いていきました。

加助《かすけ》がひょいと、後《うしろ》を見《み》ました。ごんはびくっとして、小《ちい》さくなってたちどまりました。加助《かすけ》は、ごんには気《き》がつかないで、そのままさっさとあるきました。吉兵衛《きちべえ》というお百姓《ひゃくしょう》の家《いえ》まで来《く》ると、二人《ふたり》はそこへはいっていきました。ポンポンポンポンと木魚《もくぎょ》の音《おと》がしています。窓《まど》の障子《しょうじ》にあかりがさしていて、大《おお》きな坊主頭《ぼうずあたま》がうつって動《うご》いていました。ごんは、

「おねんぶつがあるんだな」と思《おも》いながら井戸《いど》のそばにしゃがんでいました。しばらくすると、また三人《さんにん》ほど、人《ひと》がつれだって吉兵衛《きちべえ》の家《いえ》へはいっていきました。お経《きょう》を読《よ》む声《こえ》がきこえて来《き》ました。

五

ごんは、おねんぶつがすむまで、井戸《いど》のそばにしゃがんでいました。兵《ひょう》十《じゅう》と加助《かすけ》は、また一《いっ》しょにかえっていきます。ごんは、二人《ふたり》の話《はなし》をきこうと思《おも》って、ついていきました。兵十《ひょうじゅう》の影法師《かげぼうし》をふみふみいきました。

お城《しろ》の前まで来《き》たとき、加助《かすけ》が言《い》い出《だ》しました。

「さっきの話《はなし》は、きっと、そりゃあ、神《かみ》さまのしわざだぞ」

「えっ?」と、兵十《ひょうじゅう》はびっくりして、加助《かすけ》の顔《かお》を見《み》ました。

「おれは、あれからずっと考《かんが》えていたが、どうも、そりゃ、人間《にんげん》じゃない、神《かみ》さまだ、神《かみ》さまが、お前《まえ》がたった一人《ひとり》になったのをあわれに思《おも》わっしゃって、いろんなものをめぐんで下《くだ》さるんだよ」

「そうかなあ」

「そうだとも。だから、まいにち神《かみ》さまにお礼《れい》を言《い》うがいいよ」

「うん」
ごんは、へえ、こいつはつまらないなと思《おも》いました。おれが、栗《くり》や松《まつ》たけを持《も》っていってやるのに、そのおれにはお礼をいわないで、神《かみ》さまにお礼《れい》をいうんじゃア、おれは、引《ひ》き合《あ》わないなあ。

22

六

そのあくる日《ひ》もごんは、栗《くり》をもって、兵十《ひょうじゅう》の家《いえ》へ出《で》かけました。兵十《ひょうじゅう》は物置《ものおき》で縄《なわ》をなっていました。それでごんは家《いえ》の裏口《うらぐち》から、こっそり中《なか》へはいりました。

そのとき兵十《ひょうじゅう》は、ふと顔《かお》をあげました。と狐《きつね》が家《いえ》の中《なか》へはいったではあ

りませんか。こないだうなぎをぬすみやがったあのごん狐《ぎつね》めが、またいたずらをしに来《き》たな。

「ようし。」

兵十《ひょうじゅう》は立《た》ちあがって、納屋《なや》にかけてある火縄銃《ひなわじゅう》をとって、火薬《かやく》をつめました。

そして足音《あしおと》をしのばせてちかよって、今戸口《いまとぐち》を出《で》ようとするごんを、ドンと、うちました。ごんは、ばたりとたおれました。兵十《ひょうじゅう》はかけよって来《き》ました。家《いえ》の中《なか》を見《み》ると、土間《どま》に栗《くり》が、かためておいてあるのが目《め》につきました。

「おや」と兵十《ひょうじゅう》は、びっくりしてごんに目《め》を落《お》としました。

「ごん、お前《まえ》だったのか。いつも栗《くり》をくれたのは」

ごんは、ぐったりと目《め》をつぶったまま、うなずきました。

兵十《ひょうじゅう》は火縄銃《ひなわじゅう》をばたりと、とり落《お》としました。青《あお》い煙《けむり》が、まだ筒口《つつぐち》から細《ほそ》く出《で》ていました。

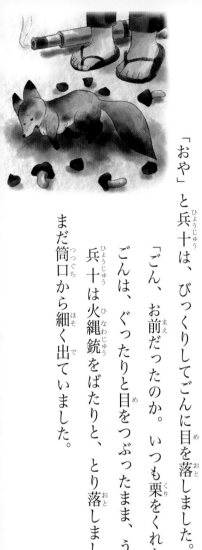

中文翻譯

權狐

新美南吉

一

這是我小時候，從村裡一位叫茂平的爺爺那兒聽來的故事。

據說從前在我們村莊附近，一處叫中山的地方有一座小城，住著一位人稱中山先生的老爺。

離那中山不遠的山中❶，有隻名叫「權狐」的狐狸。小權，是隻無依無靠的小狐狸，牠在羊齒蕨叢生的森林中，挖了個洞穴住在裡面。而且，不管白天或夜晚，都會跑到附近一帶的村子裡，盡搞些調皮搗蛋的勾當。有時候會跑進農田將地瓜挖得七零八落；有時候則往曬乾了的油菜子殼上放把火；有時候又把吊掛在農家屋後的辣椒硬給揪了下來，就這樣胡搞瞎搞地，添了許多各式各樣的亂子。

那是發生在某個秋天的事兒。在一段雨連下了兩三天的日子裡，小權出都出不去，只是成天蹲在牠的洞穴裡。

雨一停，小權鬆了口氣從洞穴裡爬了出去。放晴後的天空清澈極了，伯勞鳥唧唧地鳴叫著。

小權來到了村中小河的堤岸邊。周圍的芒草穗上，還閃耀著雨露的珠光。河裡一向水很少，但因為下了三天的雨，水面漲了很多。長在河邊的芒草、胡枝子的莖幹等等，平日從不會浸到水，今天卻全都東倒西歪地橫躺在濁黃的水裡，被擠得東搖西晃的。小權踩在泥濘路裡，往河川下游的方向走了過去。

牠冷不防看見河裡好像有人在做些什麼似的。小權儘量讓自己不被人發現，悄悄地走近草叢的深處，一動也不動地從那兒偷偷窺視。

小權心想：「那該是兵十吧！」兵十將破舊不堪的黑色和服❷高高捲起，泡在高達腰桿兒那麼深的水中抓魚，一邊正在甩著一種叫做「全面埋伏」的捕漁網❸。他纏著頭巾的側臉，黏上了一片圓圓的胡枝子葉，就像一顆大黑痣一般。

過了一會兒，兵十把網子的末端，編得像一個袋子似的部分，整個從水裡撈了上來。那裡頭雖然塞滿了草根、葉子、爛掉了的木片等等雜七雜八的東西，但還是隨處可以看得到白色的玩意兒閃爍著隱隱約約的光芒。那其實是粗粗的鰻魚肚啦，或是大大的鱚魚肚的閃光。兵十把那鰻魚呀鱚魚等等的，連同垃圾一起全往魚簍裡扔了進去。接著他再次把袋子口紮緊，又放入了水中。

接下來兵十拿著魚簍從河裡上來，把魚簍放在堤岸上後，就一幅好像要尋找什麼似地，往河川上游奔跑了過去。

當兵十的身影消失後，小權就輕巧地從草叢中跳了出來，跑到魚簍旁邊。心中生起了一絲絲想惡作劇一下的念頭。小權從魚簍裡抓出魚來，對準漁網下游的河裡，辟哩啪啦地一條接著一條丟了進去。每條魚都「噗通」一聲地，往混濁的水中游竄無蹤。

最後小權正準備抓住那條肥吱吱的鰻魚時，因為鰻魚老是咕嚕嚕地滑開，用手硬是抓牠不著。小權焦急了起來，把頭鑽進魚簍裡，一口就咬住了鰻魚的頭。鰻魚揪地捲上了小權的脖子。就在那剎那，兵十從對面大聲怒吼：「嗚哇！你這隻賊狐狸！」小權嚇得跳了起來，雖很想甩掉鰻魚逃開，但是鰻魚卻牢牢地纏住小權的脖子硬是不放，在那情況下小權只好往旁邊跳開，拼命地奔逃而去。

跑到了洞穴附近的赤楊樹下，回頭一探，兵十並沒有追來。

小權放下了一顆心，咬碎鰻魚的頭，總算把牠給卸了下來，擺放在洞穴外的雜草葉上。

二

過了十天左右，小權經過一個名叫彌助的農民家後門，彌助的老婆正在無花果的樹蔭下，塗黑自己的牙齒❹。經過鐵匠新兵衛家的屋後，新兵衛的老婆正在梳著頭髮。小權心想：

「咦？村裡肯定是有什麼特別的事吧！」

「會是什麼呢？是秋祭嗎？要是祭典的話，應該會有鼓音笛聲呀？而且首先，神社就應該會豎立起旗幟的呀？」

一邊想著這些疑問一路走著，不知不覺間，小權來到了外頭有著一口紅色水井的兵十家門前了。在那狹小的，快要崩毀傾頽的家中，聚集了很多人。女人們都穿著外出用的和服，腰間垂掛著巾帕，用屋外的灶子生著火。那大大的鍋子裡，正咕嘟咕嘟地燉煮著些東西。

「啊！是喪禮。」小權這樣想著。

「可能是兵十家裡的誰死了吧？」

過了正午，小權到墓地去，躲在六地藏菩薩雕像的背後。天氣很好，

城頂上的屋瓦在遙遠的彼端一閃一閃地散發著亮光。墓地上，彼岸花❺就像塊紅色的布匹一樣，絡繹不絕地爭相怒放。這時從村子那頭，傳過來了噹、噹的鐘響，那是即將出殯的信號。

過了不久，開始隱約看見穿著白色和服的送葬行列走了過來。談話聲也越來越近，送葬行列進到墓地裡來了。人們走過之處，彼岸花被踩斷了一地。

小權踮起腳尖來瞧。只見兵十穿著白色的肩衣與寬褲❻，雙手恭敬地捧著牌位。一向總是像紅蕃薯一樣充滿元氣的臉，今天總讓人覺得很憔悴很沮喪。

「喔哦！原來是兵十的母親❼去世了啊！」小權想著想著，整個頭縮了起來。

那天晚上，小權在洞穴中思忖著：「兵十的母親一定是躺在床上，說著好想吃鰻魚的吧？所以兵十才把那張網子拿了出來。可是我卻開他玩笑，把鰻魚給搶了過來，讓兵十沒法讓母親吃到鰻魚。他母親肯定是帶著這樣的遺憾過世的。唉！她死去時一定是在心裡掛念着『好想吃鰻魚哦！好想吃鰻魚』的吧？真是的！我要是沒開那個玩笑就好了！」

三

兵十在紅色的水井邊，淘洗著小麥。

兵十一直和母親兩個人過著貧窮的日子，如今母親一死，他就成了孤伶伶的一個人了。

「兵十跟我一樣都是無依無靠的哪！」

從倉庫後頭偷瞧著的小權，心裡這樣想著。

小權離開倉庫，快走到對面的時候，不知從何處傳來了沙丁魚的叫賣聲。

「沙丁魚便宜賣喔！活蹦新鮮的沙丁魚呦！」

小權往那宏亮聲音響起的方向跑了過去，看到彌助的老婆在後門口喊說：「給我些沙丁魚吧！」

賣沙丁魚的將堆疊著沙丁魚筐的車子停放在路旁，兩手抓起閃閃發光的沙丁魚，送進彌助的家裡。小權趁著那空檔，從筐子裡抓出了五六條沙丁魚，往來時的方向奔了回去。然後牠從兵十家的後門，將沙丁魚拋進房子裡後，就往自己洞穴的方向跑回去了。在途中的坡路上小權回頭望了一望，兵十仍然在井邊淘洗麥子的身影，已經看起來很小了。

小權心想，就鰻魚的補償來說，自己至少可以算是做了一件好事了。

第二天小權在山上撿了好多栗子，全都捧到了兵十家裡去。從後門偷望了一下，看到兵十正開始吃午飯，手卻端著飯碗，茫然地想著事情。奇怪的是兵十的臉頰上還帶著擦傷。小權正思索著：「到底是怎麼了呢？」就聽到兵十獨自一個人自言自語著：「究竟是誰把沙丁魚那些玩意兒丟進我家來的呀？害得我被當成小偷，慘遭賣沙丁魚那傢伙的修理！」

小權心想這下子可糟了。兵十好可憐呀！顯然是被那賣沙丁魚的痛揍到傷成那個樣子的吧！

小權一邊這樣想著，邊轉身繞到倉庫門口，把栗子放著就回家了。

第二天、第三天，小權都去撿栗子，撿到了就送到兵十家裡去。在第三天，不光是栗子，牠還加送了兩、三根松茸❽呢！

四

一個皓月當空的夜晚。小權悠閒地跑出去玩。經過中山先生城下，稍稍向前行後，好像有人從小路那頭迎面走了過來。伴隨著說話的聲音，可以聽得到金琵琶❾叮呤、叮呤地鳴唱著。

小權藏身在路邊，屏息靜氣地不敢發出一點聲響。說話聲越來越近了，原來是兵十跟一個叫加助的農夫。

「對了，我說加助啊！」兵十開了口。

「什麼？」

「我呀，最近遇到一件很不可思議的事情喔！」

「怎麼說？」

「自從我母親過世，不知道是

誰，老給我些栗子啊、松茸什麼的，而且還是每天每天地送喔！」

「是喔，會是誰呀？」

「就是搞不清楚啊！總趁我不注意時，放著就走了。」

小權緊跟在兩個人的後面。

「是真的嗎？」

「我可以肯定是真的。要是不相信，你明天過來看。我把那些栗子讓你瞧瞧！」

「是嗎？還真是無奇不有啊。」

說到這兒，兩人就默默地往前走了。

加助不經意地回頭看了看。小權嚇了一跳，身子一縮停下了腳步，不過加助沒發現小權，很快地就繼續走他的路，沒任何反應。兩人到了名叫吉兵衛的農人家後便走了進去。屋內響著叩叩叩的木魚聲，燈光照在紙糊格子的窗戶上，映照出和尚晃動著的大光頭。

小權邊想著：「要辦念佛法會哦？」就在水井旁蹲了下來。過了不久，大約又有三個人一起結伴進入了吉兵衛的家，接著就傳來了誦經的聲音。

五

小權一直蹲在水井邊直到佛經誦完。兵十和加助又一起回家去。小權想聽聽兩人在說些什麼，於是跟了上去，亦步亦趨地不時踩著兵十的影子。

來到城前時，加助開口這樣說了：「剛才你提的事啊，那一定是神明在顯靈吧！」

「你說什麼？」兵十吃了一驚，看了看加助的臉。

「我啊，從你說完就直在想著，看來那個啊，不是人，是神！神哪，看你變得孤苦伶仃，心想怪可憐的，就惠賜許多東西給你啦！」

「是這樣的嗎？」

「我想肯定是。所以啊，你應該要每天向神明道個謝才好。」

「嗯。」

小權心裡暗忖，怎麼會這樣？如此一來就太沒意思了。又送栗子又送松茸給他的明明就是我。不跟我道謝反而去謝神的話，那我可真是虧大了！

六

在第二天，小權又拿著栗子到兵十的家裡去。兵十正在倉庫裡搓著繩子，所以小權就從他家後門悄悄地溜了進去。

這時兵十無意間抬起頭來，猛然發覺，可不是正有隻狐狸進到家裡去了嗎？兵十心想，前一陣子膽敢偷走我鰻魚的那隻權狐小子，又想來搗亂了！

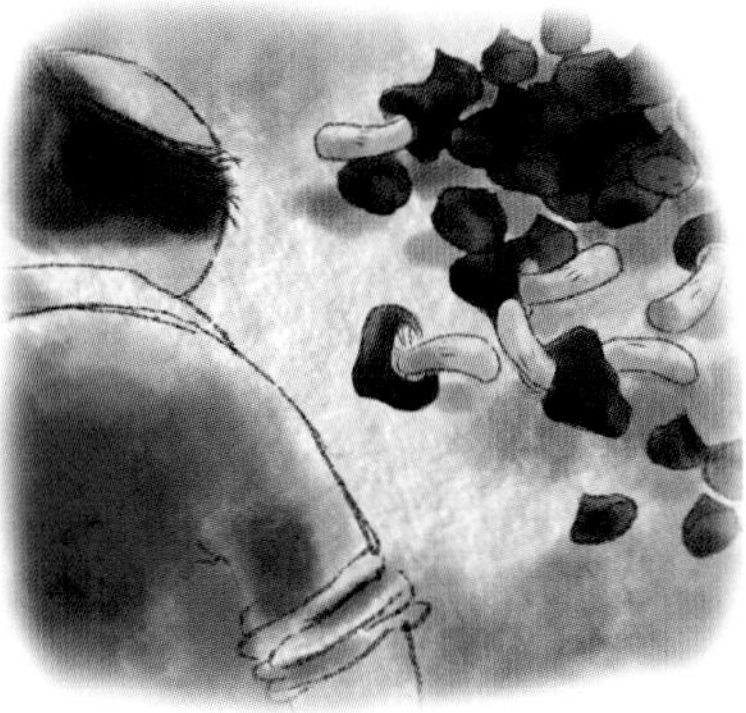

「好！」兵十起身，取下掛在儲藏室的火繩槍，塞進火藥。

然後他躡手躡腳地靠近，對準正要離開房門的小權，轟隆地就是一槍。小權砰地應聲倒地。兵十衝了過來，往家裡一看，泥地板上成堆的栗子映進了眼簾。

「啊！」若有所悟的兵十，驚訝地將眼神投射到小權的身上。

「小權，原來是你呀！總是送給我栗子的……」

小權氣若游絲地閉著眼，點了點頭。

兵十頓時鬆開了手，火繩槍啪唧一聲地墜落在地。槍口依稀還冒著細細的青煙。

註

❶離那中山不遠的山中：日本有愛玩諧音文字遊戲的習慣。

❷和服：日本和服並非只有昂貴高級的類型而已，其實它大分為十種，浴衣也是其中的一種，當然也包括鄉下人穿的粗布工作服。

❸「全面埋伏」的捕漁網：作者故鄉特有的捕魚方式。在小河的兩岸張網，網子中間底部編成口袋狀，等雨後水漲鰻魚等魚兒自動上勾。其捕魚具叫「はりきり網《あみ》」。

❹塗黑牙齒：自古日本女人有將牙齒塗黑的習性，在不同的時代有不同的意涵，江戶時代起為已婚婦人的表徵。現已不復見。

❺彼岸花：紅花石蒜，又名龍爪花、彼岸花等，雅名曼珠沙華。在日本傳說中有死亡、不吉祥的色彩，在此有超渡往生者的含義。

❻白色的肩衣與寬褲：江戶時代武士上下成套的禮服。

❼母親：原文的「おっ母《かあ》」在日本是中、下流階層稱呼自己母親的用語，類似臺灣的「老媽」。

❽松茸：原文「松茸《まつたけ》」在日本是特別昂貴的高級菇蕈類。

❾金琵琶：叢蟋科，別名金蟋，台灣也有。鏗鏘有力的叫聲，常為秋天平添不少風情。

導讀

璀璨於夕陽下的歡顏

〈花木村與盜賊們〉

陳慶彰

巴塞隆納的驕傲——米羅，以天真、無邪、玩樂的獨特風格，聞名於全世界。他將花、火焰、女人、鳥等等，原本就很吸引人的元素單純化，歸納成屬於他自己的造型語言，突破具像的束縛，讓繪畫達到可以自由創作的境地。

在米羅無數的名作當中，最為人稱道的是，一九四二年起開始繪製的二十三張「星座系列」。有時是一片漆黑的夜晚，有時是晦暗不明的陰天，就在這些背景前，山林、花鳥、蟲魚，所有充滿靈性的美麗事物，都自在地圍繞著米羅的十字星，開著超現實的派對。「星座系列」中的歡樂因子，彷彿會跳進觀賞者的眼睛，幻化成精神的救贖與希望。但是，在您愉悅感動之餘，有沒有注意到這些作品群，竟然完成於第二次世界大戰（一九三九年—一九四五年）期間呢？那可是人類有史以來，規模最大傷亡最重的一場浩劫呢！

換句話說，米羅藝術生涯中，最為璀璨奪目的傑作，其實是完成於他最焦慮、痛苦、無奈的漩渦之中。

我們現在要開始談論的這篇作品——〈花木村與盜賊們〉，同樣透著天真、無邪、玩耍的風格，同樣引發過許多讀者愉悅溫馨的感動，而且也同樣是作者新美南吉，在最焦慮、痛苦、無奈的情況下完成的。更讓人驚訝的是，這篇作品竟然完稿於一九四二年（昭和十七年）五月，正好與米羅的「星座系列」同時期。

一九四二年五月，也就是新美南吉辭世的前十個月。那時期的他，寫了一系列以和平農村為舞台，歌頌人性善良面的故事，這與他一直以來，採取孤寂、哀淒為主旋律的風格大相逕庭。這些作品的特色，大致上包含有「主人翁的悔改」、「與他人的融合」、「存在於人世間的離奇」……等要素，並且多以歡喜的結局收場。而〈花木村與盜賊們〉在這些讓日本文學評論家們，大為驚艷的生涯後期傑作群當中，可說是相當突出的代表作。

究竟是什麼機緣使新美南吉的文風，產生這樣一百八十度的大轉折呢？解開謎題的鑰匙，隱藏在他突然空白了八十餘天的日記當中。

新美南吉是個慣常靠寫日記來安穩自己情緒的人，所以看他的日記是了解作者很好的途徑。一九四一年十二月二十四日，他在日記中曾提到：「……我倒是想繼續閱讀妙法蓮華經。準備抱著試試看的心情，去相信佛陀的世界……。對我這樣一個，被學問荼毒到凡事都要猜疑一番的男子來說，會不會是一個根本達不到的心願呢？」充分看得出儘管徘徊在半信半疑之間，他還是很希望從法華經當中找到一份寄託。

一九四二年一月十一日他寫說，「……只要一想到，宮澤賢治和中山ちゑ們

（新美南吉生前正式交往過的三位女友中的最後一位）也都在那邊的世界，也就不會那麼討厭到那一邊去了。時常感覺到自己背後，有一種像被磨得十分銳利的刀子抵著的顫慄感。這應該是面臨茫然未知的死亡，產生的恐懼吧？」宮澤賢治在新美南吉還是東京外語大學學生時代就已過世，所以其實從未真正見過面。但是新美南吉很早就開始閱讀宮澤賢治的作品，不但推崇備至，還將其名詩──《永訣的早晨》一文，當成他在安城女中教書時期，文學鑑賞課的教材，可說是「神交」已久。從以上日記的片斷，應該不難推斷出宮澤賢治在新美南吉心中的分量。

之後的日記，新美南吉還是不斷提到對死亡的恐懼與不安，直到一月十四日突然嘎然中斷，跨越到四月三日，總共空白了八十餘天。這現象在他的生涯中，不但是首見也是僅見。

停了近三個月重新再開始的新美南吉日記，整個氛圍都變了！

他在四月三日與四月十六日的日記中，分別寫到：「……在這個種著許多連翹花的人家，正值繁花盛開的時節，每個庭院都變得非常明媚。」「我體會到樹木也有一種，好像重新開花般的閃亮時刻，那就是新綠萌芽的時節。當白楊木吐出嫩芽的時候，真的有一種難以言喻的美感。」字字句句流露對生命的歌頌。五月三日則寫著：「既可以泡在浴盆裡看竹林的月色，又可以聽到青蛙的叫聲。洗澡水如此清澈美好，連腳都看得清晰。真是太幸福了！」在在都看得出，他已不再充斥怨天尤人的陰霾，反而凡事都充滿喜悅感恩的璀璨。

研究新美南吉的兒童文學評論家北吉郎，在他的《新美南吉童話的本質與世界》一書中，針對新美南吉心靈的突變，寫了以下的看法：「要解開新美南吉後期童話之所以誕生的關鍵，該是在他被醫院診斷為肺癆後……中斷日記的那八十天。那期間，應該誠如他日記文字上所記載的，開始認真地讀法華經，因而引發出了宗教體驗的激盪吧？……當他正難以面對死亡真正來臨之際，法華經的世界適時被打開，因而讓他脫胎換骨地達到歌頌生命的境界。同時，一直根深柢固的『不幸者意識』也跟著崩解潰堤，於是後期作品的童話世界就一併開花結果了！」

事實上，法華經是佛陀釋迦牟尼晚年所倡導的教義，為大乘佛教早期經典之一，其中明示不分貧富貴賤，人人皆可成佛，因而有「經中之王」的美譽。宮澤賢治不僅篤信此經，還身體力行直到最後一刻。他更留下遺願，請父親在他死後，印製法華經三千本，將他確信的經典與世人分享。

宮澤賢治過世後的第二年，也就是一九三四年（昭和九年），聚集於東京的文學家們，趁著宮澤賢治的弟弟清六上京的機會，為宮澤賢治舉辦了一個追悼會。從未與宮澤賢治謀面的新美南吉，也出席了這個追悼紀念會，並受贈了宮澤賢治詩集《春天與修羅》、童話集《要求特別多的餐廳》，和法華經各一冊。

沒想到這本宮澤賢治臨終前發願印製的法華經，卻在八年之後，新美南吉快要油盡燈枯的時刻，帶給了他生機與勇氣。甚至在人生最後的一年，徹底改變了他的寫作風格，綻放出他前所未有的風華。寫到這裡，不得不叫人訝異，這兩位在前後不同時期，各自散發不同光芒的才子之間，竟有如此不可思議的牽引。難怪第一次看到〈花木村與盜賊們〉一文時，我總隱約感覺到幾分與宮澤賢治相似的氣息。

起先我當然有些詫異，自己為何會從新美南吉的作品中，想到風格迥異的宮澤賢治。因為這兩位經常被拿來相提並論的天才型作家，他們的作品與形象，就如同他們各自的出生地一樣，原本應該是相當南轅北轍的。記得訪問「宮澤賢治紀念館」圖書研究員時，他脫口而出的第一句話就是：「乍看之下，宮澤賢治作品有許多令人費解之處，但越深入就會越著迷。而新美的作品則從一開始，就很容易讓人馬上理解接受……所以各有各的支持者……」。

確實跟宮澤賢治那般，又是礦石又是星座，一會兒鄉土一會兒科幻，天馬行空的跳躍型式相比，新美南吉無疑是紮根於日本的。

舉凡日本人的傳統美學意識，無論是自然崇拜的「優美」、淒美無常的「物哀」，甚或是藉由壓抑產生留白，來營造神秘感的「幽玄」，都是他作品中不斷重覆出現的要素。

提到日本美學意識中的「幽玄」，當以充滿東方神秘的「能樂」為代表。主角藏身於面具之後，以極端緩慢、點到為止的動作，詮釋引人遐思的幽邈世界。

綜看本書各篇的結尾，〈權狐〉結束於槍口冒出來的青煙之間；〈小狐狸買手套〉

則停格在狐狸媽媽對人性猶疑不決的喃喃自語聲中，全都預留給讀者無限的想像空間，屬於欲言又止的「幽玄」之美。但是本篇〈花木村與盜賊們〉的結尾方式，與前兩篇明顯有些不同。「……雖說地藏菩薩穿著草鞋走路，是件很不可思議的事情，但我覺得有這種不可思議也蠻好的。……村莊這種地方，一定要讓心地善良的人們來住才好。」作者以頗為明確的語氣，下了清楚的結論。

文中的「花木村」是作者心中理想的安居處所，既平靜和諧又富庶美麗，而且還被心地善良的居民們所衛護。

其實現在的日本，這個新美南吉筆下夢想的理想村莊，應該是比比皆是的了。就拿我現在正在這裡寫這篇導讀的地方來說吧，這裡地處東京郊區，每戶人家的建坪、樓層都被規劃過，庭院種滿了代表自家風格的花草樹木。串聯村中多座平穩而翠綠的山丘的，是一條蜿蜒清澈的長河川。河畔長滿了黃澄澄的油菜仔花，配上兩岸高大挺拔、線條優美的櫻花樹，你可以想像一下該有多美！每天稿寫累了，我就會騎著腳踏車，穿過這個黃、藍、綠交雜著嫩粉紅的繽紛世界去游泳。泳池在一個建築與設備都充滿現代感的綜合體育館裡，座落在空曠到讓人覺得很舒服的公園裡。無論是前來健身的男女老少，或是工作人員、救生員……他們彼此招呼的溫和態度，和輕柔飛揚的爽朗笑語，不但使我的泳速加快，更讓我變得天天期待去游泳。

昨夜，又多了一個讓我難忘的回憶。入夜後，當地公所延續好幾公里的打底燈，把兩岸的櫻花照射得比白雪更亮，在夜空中散發出妖媚夢幻的光芒。擠得水洩不通的人潮，人們臉上的神色沒有任何不耐，只有滿滿的陶醉與滿足。在櫻花雨中閃爍的對岸，猛然掠過一個清瘦的身影，使我想起新美南吉。

當然不可能是他，如果真的是他，我很想對他說：「這裡像不像你心中的花木村呢？你應該很欣慰你企盼的好村莊越來越多了吧？不同的是，如今為大家帶來許多不可思議的是現代科技，而不是路邊的地藏菩薩。相信只要人們心中不輕易被盜賊佔據，花木村應該會越來越多也越來越美的。對了，在〈花木村與盜賊們〉這篇作品裡，最打動我的是你簡潔天真、戲而不謔的對白。這些對白逗趣而睿智，充滿日本傳統風味。話中機鋒顯露出你對人性的看透，應該就是這些銳利而不失寬厚的筆觸，使我連想到宮澤賢治的吧？不光是你的美意識與愛鄉情懷，甚至連玩笑方式都日本得那麼徹底，難怪會有那麼多你的國人，對你產生共鳴了！」

不知道以他現在的年齡與個性，是會客套地謙虛一番呢？還是得意洋洋地回答：「那可不，連美智子皇太后都特別提過我的作品呢！」

我比較希望，他用一個淺淺的微笑替代一切回答，相信那個微笑，應該會透著幾分神秘和一絲絲哀怨的優美……。

23

原文鑑賞

花《はな》のき村《むら》と盗人《ぬすびと》たち

新美南吉《にいみなんきち》

一

むかし、花《はな》のき村《むら》に、五人組《ごにんぐみ》の盗人《ぬすびと》がやって来《き》ました。

それは、若竹《わかたけ》が、あちこちの空《そら》に、かぼそく、ういういしい緑色《みどりいろ》の芽《め》をのばしている初夏《しょか》のひるで、松林《まつばやし》では松蝉《まつぜみ》が、ジイジイジイイと鳴《な》いていました。

盗人《ぬすびと》たちは、北《きた》から川《かわ》に沿《そ》ってやって来《き》ました。花《はな》のき村《むら》の入《い》り口《ぐち》のあたりは、すかんぽやうまごやしの生《は》えた緑《みどり》の野原《のはら》で、子供《こども》や牛《うし》が遊《あそ》んでおりました。これだけを見《み》ても、この村《むら》が平和《へいわ》な村《むら》であることが、盗人《ぬすびと》たちにはわかりました。そして、こんな村《むら》には、お金《かね》やいい着物《きもの》を持《も》った家《いえ》があるに違《ちが》いないと、もう喜《よろこ》んだのでありました。

川《かわ》は藪《やぶ》の下《した》を流《なが》れ、そこにかかっている一《ひと》つの水車《すいしゃ》をゴトンゴトンとまわして、村《むら》の奥深《おくふか》くはいっていきました。

藪《やぶ》のところまで来《く》ると、盗人《ぬすびと》のうちのかしらが、いいました。

「それでは、わしはこの藪《やぶ》のかげで待《ま》っているから、おまえらは、村《むら》のなかへはいっていって様子《ようす》を見《み》て来《こ》い。なにぶん、おまえらは盗人《ぬすびと》になったばかりだから、へまをしないように気《き》をつけるんだぞ。金《かね》のありそうな家《いえ》を見《み》たら、そこの家《いえ》のどの窓《まど》がやぶれそうか、そこの家《いえ》に犬《いぬ》がいるかどうか、よっく

しらべるのだぞ。いいか釜右衛門《かまえもん》。」

「へえ。」

と釜右衛門《かまえもん》が答《こた》えました。これは昨日《きのう》まで旅《たび》あるきの釜師《かまし》で、釜《かま》や茶釜《ちゃがま》をつくっていたのでありました。

「いいか、海老之丞《えびのじょう》。」

「へえ。」

と海老之丞《えびのじょう》が答《こた》えました。これは昨日《きのう》まで錠《じょう》前屋《まえや》で、家々《いえいえ》の倉《くら》や長持《ながもち》などの錠《じょう》をつくっていたのでありました。

「いいか角兵衛《かくべえ》。」

「へえ。」

とまだ少年《しょうねん》の角兵衛《かくべえ》が答《こた》えました。これは越後《えちご》から来《き》た角兵衛獅子《かくべえじし》で、昨日《きのう》までは、家々《いえいえ》

25

の閾《しきい》の外《そと》で、逆立《さかだ》ちしたり、とんぼがえりをうったりして、一文二文《いちもんにもん》の銭《ぜに》を貰《もら》っていたのでありました。

「いいか鉋太郎《かんなたろう》。」

「へえ。」

と鉋太郎《かんなたろう》が答《こた》えました。これは、江戸《えど》から来《き》た大工《だいく》の息子《むすこ》で、昨日《きのう》までは諸国《しょこく》のお寺《てら》や神社《じんじゃ》の門《もん》などのつくりを見《み》て廻《まわ》り、大工《だいく》の修業《しゅぎょう》をしていたのでありました。

「さあ、みんな、いけ。わしは親方《おやかた》だから、ここで一服《いっぷく》すいながらまっている。」

そこで盗人《ぬすびと》の弟子《でし》たちが、釜右衛門《かまえもん》は釜師《かまし》のふりをし、海老之丞《えびのじょう》は錠前《じょうまえ》屋《や》のふりをし、角兵衛《かくべえ》は獅子《しし》まいのように笛《ふえ》をヒャラヒャラ鳴《な》らし、鉋太郎《かんなたろう》は大工《だいく》のふりをして、花《はな》のき村《むら》にはいりこんでいきました。

かしらは弟子《でし》どもがいってしまうと、どっかと川《かわ》ばたの草《くさ》の上《うえ》に腰《こし》をおろ

26

し、弟子《でし》どもに話《はな》したとおり、たばこをスッパ、スッパとすいながら、盗人《ぬすびと》のような顔《かお》つきをしていました。これは、ずっとまえから火《ひ》つけや盗人《ぬすびと》をして来《き》たほんとうの盗人《ぬすびと》でありました。

「わしも昨日《きのう》までは、ひとりぼっちの盗人《ぬすびと》であったが、今日《きょう》は、はじめて盗人《ぬすびと》の親方《おやかた》というものになってしまった。だが、親方《おやかた》になって見《み》ると、これはなかなかいいもんだわい。仕事《しごと》は弟子《でし》どもがして来《き》てくれるから、こうして寝《ね》ころんで待《ま》っておればいいわけである。」

とかしらは、することがないので、そんなつまらないひとりごとをいってみたりしていました。

やがて弟子《でし》の釜右衛門《かまえもん》が戻《もど》って来《き》ました。

「おかしら、おかしら。」

かしらは、ぴょこんとあざみの花《はな》のそばから体《からだ》を起《お》こしました。

「えいくそッ、びっくりした。おかしらなどと呼《よ》ぶんじゃねえ、魚《さかな》の頭《あたま》のように聞《き》こえるじゃねえか。ただかしらといえ。」

盗人《ぬすびと》になりたての弟子《でし》は、

「まことに相《あい》すみません。」

とあやまりました。

「どうだ、村《むら》の中《なか》の様子《ようす》は。」

とかしらがききました。

「へえ、すばらしいですよ、かしら。ありました、ありました。」

「何《なに》が。」

「大《おお》きい家《いえ》がありましてね、そこの飯炊《めした》き釜《がま》は、まず三斗《さんと》ぐらいは炊《た》ける大釜《おおがま》でした。あれはえらい銭《ぜに》になります。それから、お寺《てら》に吊《つ》ってあった鐘《かね》も、なかなか大《おお》きなもので、あれをつぶせば、まず茶釜《ちゃがま》が五十《ごじゅう》はできます。なあに、あっしの眼《め》に狂《くる》いはありません。嘘《うそ》だと思《おも》うなら、あっしが造《つく》って見《み》せましょう。」

「馬鹿馬鹿《ばかばか》しいことに威張《いば》るのはやめろ。」

とかしらは弟子《でし》を叱《しか》りつけました。

27

「きさまは、まだ釜師根性《かましこんじょう》がぬけんからだめだ。そんな飯炊《めした》き釜《がま》や吊《つ》り鐘《がね》などばかり見《み》てくるやつがあるか。それに何《なん》だ、その手《て》に持《も》っている、穴《あな》のあいた鍋《なべ》は。」

「へえ、これは、その、或《あ》る家《いえ》の前《まえ》を通《とお》りますと、槙《まき》の木《き》の生《い》け垣《がき》にこれがかけて干《ほ》してありました。見《み》るとこの、尻《しり》に穴《あな》があいていたのです。それを見《み》たら、じぶんが盗人《ぬすびと》であることをつい忘《わす》れてしまって、この鍋《なべ》、二十文《にじゅうもん》でなおしましょう、とそこのおかみさんにいっ

てしまったのです。」

「何《なん》というまぬけだ。じぶんのしょうばいは盗人《ぬすびと》だということをしっかり肚《はら》にいれておらんから、そんなことだ。」

と、かしらはかしららしく、弟子《でし》に教《おし》えました。そして、

「もういっぺん、村《むら》にもぐりこんで、しっかり見《み》なおして来《こ》い。」

と命《めい》じました。釜右衛門《かまえもん》は、穴《あな》のあいた鍋《なべ》をぶらんぶらんとふりながら、また村《むら》にはいっていきました。

こんどは海老之丞《えびのじょう》がもどって来《き》ました。

「かしら、ここの村《むら》はこりゃだめですね。」

と海老之丞《えびのじょう》は力《ちから》なくいいました。

「どうして。」

「どの倉《くら》にも、錠《じょう》らしい錠《じょう》は、ついておりません。子供《こども》でもねじきれそうな錠《じょう》が、ついておるだけです。あれじゃ、こっちのしょうばいにゃなりませ

29

ん。」

「こっちのしょうばいというのは何《なん》だ。」

「へえ、……錠前《じょうまえ》……屋《や》。」

「きさまもまだ根性《こんじょう》がかわっておらんッ。」

とかしらはどなりつけました。

「へえ、相《あい》すみません。」

「そういう村《むら》こそ、こっちのしょうばいになるじゃないかッ。倉《くら》があって、子供《こども》でもねじきれそうな錠《じょう》しかついておらんというほど、こっちのしょうばいに都合《つごう》のよいことがあるか。まぬけめが。もういっぺん、見《み》なおして来《こ》い。」

「なるほどね。こういう村《むら》こそしょうばいになるのですね。」

と海老之丞《えびのじょう》は、感心《かんしん》しながら、また村《むら》にはいっていきました。

次《つぎ》にかえって来《き》たのは、少年《しょうねん》の角兵衛《かくべえ》でありました。角兵衛《かくべえ》は、笛《ふえ》を吹《ふ》きながら来《き》たので、まだ藪《やぶ》の向《む》こうで姿《すがた》の見《み》えないうちから、わかりました。

「いつまで、ヒャラヒャラと鳴《な》らしておるのか。盗人《ぬすびと》はなるべく音《おと》をたてぬようにしておるものだ。」

とかしらは叱《しか》りました。角兵衛《かくべえ》は吹《ふ》くのをやめました。

「それで、きさまは何《なに》を見《み》て来《き》たのか。」

「川《かわ》についてどんどん行《い》きましたら、花菖蒲《はなしょうぶ》を庭《にわ》いちめんに咲《さ》かせた小《ちい》さい家《いえ》がありました。」

「うん、それから？」

「その家《いえ》の軒下《のきした》に、頭《あたま》の毛《け》も眉毛《まゆげ》もあごひげもまっしろな爺《じい》さんがいました。」

「うん、その爺《じい》さんが、小判《こばん》のはいった壺《つぼ》でも縁《えん》の下《した》に隠《かく》していそうな様《よう》子《す》だったか。」

「そのお爺《じい》さんが竹笛《たけぶえ》を吹《ふ》いておりました。ちょっとした、つまらない竹《たけ》笛《ぶえ》だが、とてもええ音《ね》がしておりました。あんな、不思議《ふしぎ》に美《うつく》しい音《ね》ははじめてききました。おれがききとれていたら、爺《じい》さんはにこにこしながら、三《みっ》つ長《なが》い曲《きょく》をきかしてくれました。おれは、お礼《れい》に、とんぼがえりを七《なな》へん、つづけざまにやって見《み》せました。」

「やれやれだ。それから？」

「おれが、その笛《ふえ》はいい笛《ふえ》だといったら、笛竹《ふえたけ》の生《は》えている竹藪《たけやぶ》を教《おし》えてくれました。そこの竹《たけ》で作《つく》った笛《ふえ》だそうです。それで、お爺《じい》さんの教《おし》えてくれた竹藪《たけやぶ》へいって見《み》ました。ほんとうにええ笛竹《ふえたけ》が、何百《なんびゃく》すじも、すいすいと生《は》えておりました。」

30

「昔《むかし》、竹《たけ》の中《なか》から、金《きん》の光《ひかり》がさしたという話《はなし》があるが、どうだ、小判《こばん》でも落《お》ちていたか。」

31

「それから、また川《かわ》をどんどんくだっていくと小《ちい》さい尼寺《あまでら》がありました。そこで花《はな》の撓《とう》がありました。お庭《にわ》にいっぱい人《ひと》がいて、おれの笛《ふえ》くらいの大《おお》きさのお釈迦《しゃか》さまに、あま茶《ちゃ》の湯《ゆ》をかけておりました。おれもいっぱいかけて、それからいっぱい飲《の》ましてもらって来《き》ました。茶《ちゃ》わんがあるならかしらにも持《も》って来《き》てあげましたのに。」

「やれやれ、何《なん》という罪《つみ》のねえ盗人《ぬすびと》だ。そういう人《ひと》ごみの中《なか》では、人《ひと》のふところや袂《たもと》に気《き》をつけるものだ。とんまめが、もういっぺんきさまもやりなおして来《こ》い。その笛《ふえ》はここへ置《お》いていけ。」

角兵衛《かくべえ》は叱《しか》られて、笛《ふえ》を草《くさ》の中《なか》へおき、また村《むら》にはいっていきました。

おしまいに帰《かえ》って来《き》たのは鉋太郎《かんなたろう》でした。

「きさまも、ろくなものは見《み》て来《こ》なかったろう。」

と、きかないさきから、かしらがいいました。

「いや、金持《かねも》ちがありました、金持《かねも》ちが。」

と鉋太郎《かんなたろう》は声《こえ》をはずませていいました。金持《かねも》ちときいて、かしらはにこにことしました。

「おお、金持《かねも》ちか。」

「金持《かねも》ちです、金持《かねも》ちです。すばらしいりっぱな家《いえ》でした。」

「うむ。」

「その座敷《ざしき》の天井《てんじょう》と来《き》たら、さつま杉《すぎ》の一枚板《いちまいいた》なんで、こんなのを見《み》たら、うちの親父《おやじ》はどんなに喜《よろこ》ぶかも知《し》れない、と思《おも》って、あっしは見《み》とれていました。」

「へっ、面白《おもしろ》くもねえ。それで、その天井《てんじょう》をはずしてでも来《く》る気《き》かい。」

鉋太郎《かんなたろう》は、じぶんが盗人《ぬすびと》の弟子《でし》であったことを思《おも》い出《だ》しました。盗人《ぬすびと》の弟子《でし》としては、あまり気《き》が利《き》かなかったことがわかり、鉋太郎《かんなたろう》はバツのわるい顔《かお》をしてうつむいてしまいました。

そこで鉋太郎《かんなたろう》も、もういちどやりなおしに村《むら》にはいっていきました。

「やれやれだ。」

と、ひとりになったかしらは、草《くさ》の中《なか》へ仰向《あおむ》けにひっくりかえっていいました。

「盗人《ぬすびと》のかしらというのもあんがい楽《らく》なしょうばいではない。」

32

二

とつぜん、

「ぬすとだッ。」

「ぬすとだッ。」

「そら、やっちまえッ。」

という、おおぜいの子供《こども》の声《こえ》がしました。子供《こども》の声《こえ》でも、こういうことを聞《き》いては、盗人《ぬすびと》としてびっ

33

くりしないわけにはいかないので、かしらはひょこんと跳《と》びあがりました。そして、川《かわ》にとびこんで向《む》こう岸《ぎし》へ逃《に》げようか、藪《やぶ》の中《なか》にもぐりこんで、姿《すがた》をくらまそうか、と、とっさのあいだに考《かんが》えたのであります。

しかし子供達《こどもたち》は、縄切《なわき》れや、おもちゃの十手《じって》をふりまわしながら、あちらへ走《はし》っていきました。子供達《こどもたち》は盗人《ぬすびと》ごっこをしていたのでした。

「なんだ、子供達《こどもたち》の遊《あそ》びごとか。」

とかしらは張《は》り合《あ》いがぬけていいました。

「遊《あそ》びごとにしても、盗人《ぬすびと》ごっことはよくない遊《あそ》びだ。いまどきの子供《こども》はろくなことをしなくなった。あれじゃ、さきが思《おも》いやられる。」

じぶんが盗人《ぬすびと》のくせに、かしらはそんなひとりごとをいいながら、また草《くさ》の中《なか》にねころがろうとしたのでありました。そのときうしろから、

「おじさん。」

と声《こえ》をかけられました。ふりかえって見《み》ると、七歳《ななさい》くらいの、かわいらし

い男《おとこ》の子《こ》が牛《うし》の仔《こ》をつれて立《た》っていました。顔《かお》だちの品《ひん》のいいところや、手足《てあし》の白《しろ》いところを見《み》ると、百姓《ひゃくしょう》の子供《こども》とは思《おも》われません。旦《だん》那衆《なしゅう》の坊《ぼ》っちゃんが、下男《げなん》について野《の》あそびに来《き》て、下男《げなん》にせがんで仔牛《こうし》を持《も》たせてもらったのかも知《し》れません。だがおかしいのは、遠《とお》くへでもいく人《ひと》のように、白《しろ》い小《ちい》さい足《あし》に、小《ちい》さい草鞋《わらじ》をはいていることでした。

「この牛《うし》、持《も》っていてね。」

かしらが何《なに》もいわないさきに、子供《こども》はそういって、ついとそばに来《き》て、赤《あか》い手綱《たづな》をかしらの手《て》にあずけました。

かしらはそこで、何《なに》かいおうとして口《くち》をもぐもぐやりましたが、まだいい出《だ》さないうちに子供《こども》は、あちらの子供《こども》たちのあとを追《お》って走《はし》っていってしまい

ました。あの子供《こども》たちの仲間《なかま》になるために、この草鞋《わらじ》をはいた子供《こども》はあとをも見《み》ずにいってしまいました。

ぼけんとしているあいだに牛《うし》の仔《こ》を持《も》たされてしまったかしらは、くッくッと笑《わら》いながら牛《うし》の仔《こ》を見《み》ました。

たいてい牛《うし》の仔《こ》というものは、そこらをぴょんぴょんはねまわって、持《も》っているのがやっかいなものですが、この牛《うし》の仔《こ》はまたたいそうおとなしく、ぬれたうるんだ大《おお》きな眼《め》をしばたたきながら、かしらのそばに無心《むしん》に立《た》っているのでした。

「くッくッくッ。」

とかしらは、笑《わら》いが腹《はら》の中《なか》からこみあげてくるのが、とまりませんでした。

「これで弟子《でし》たちに自慢《じまん》ができるて。ききまたちが馬鹿《ばか》づらさげて、村《むら》の中《なか》をあるいているあいだに、わしはもう牛《うし》の仔《こ》をいっぴき盗《ぬす》んだ、といって。」

そしてまた、くッくッくッと笑《わら》いました。あんまり笑《わら》ったので、こんどは涙《なみだ》が出《で》て来《き》ました。

「ああ、おかしい。あんまり笑《わら》ったんで涙《なみだ》が出《で》て来《き》やがった。」

ところが、その涙《なみだ》が、流《なが》れて流《なが》れてとまらないのでありました。

「いや、はや、これはどうしたことだい、わしが涙《なみだ》を流《なが》すなんて、これじゃ、まるで泣《な》いてるのと同《おな》じじゃないか。」

そうです。ほんとうに、盗人《ぬすびと》のかしらは泣《な》いていたのであります。かしらは嬉《うれ》しかったのです。じぶんは今《いま》まで、人《ひと》から冷《つめ》たい眼《め》でばかり見《み》られて来《き》ました。じぶんが通《とお》ると、人々《ひとびと》はそら変《へん》なやつが来《き》たといわんばかりに、窓《まど》をしめたり、すだれをおろしたりしました。じぶんが声《こえ》をかけると、笑《わら》いながら話《はな》しあっていた人《ひと》たちも、きゅうに仕事《しごと》のことを思《おも》い出《だ》したように向《む》こうをむい

てしまうのでありました。池《いけ》の面《おもて》にうかんでいる鯉《こい》でさえも、じぶんが岸《きし》に立《た》つと、がばッと体《たい》をひるがえしてしずんでいくのでありました。あるとき猿《さる》廻《まわ》しの背中《せなか》に負《お》われている猿《さる》に、柿《かき》の実《み》をくれてやったら、一口《ひとくち》もたべずに地《じ》べたにすててしまいました。みんながじぶんを嫌《きら》っていたのです。みんながじぶんを信用《しんよう》してはくれなかったのです。ところが、この草鞋《わらじ》をはいた子供《こども》は、盗人《ぬすびと》であるじぶんに牛《うし》の仔《こ》をあずけてくれました。じぶんをいい人間《にんげん》であると思《おも》ってくれたのでした。またこの仔牛《こうし》も、じぶんをちっともいやがらず、おとなしくしております。じぶんが母牛《ははうし》ででもあるかのように、そばにすりよっています。子供《こども》も仔牛《こうし》も、じぶんを信用《しんよう》しているのです。こんなことは、盗人《ぬすびと》のじぶんには、はじめてのことであります。人《ひと》に信用《しんよう》されるというのは、何《なん》といううれしいことでありましょう。……

そこで、かしらはいま、美《うつく》しい心《こころ》になっているのでありました。子供《こども》のころにはそういう心《こころ》になったことがありましたが、あれから長《なが》い間《あいだ》、わるい汚《きたな》い心《こころ》でずっといたのです。久《ひさ》しぶりでかしらは美《うつく》しい心《こころ》になりました。これはちょうど、垢《あか》まみれの汚《きたな》い着物《きもの》を、きゅうに晴《は》れ着《ぎ》にきせかえられたように、奇妙《きみょう》なぐあいでありました。

——かしらの眼《め》から涙《なみだ》が流《なが》れてとまらないのはそういうわけなのでした。

やがて夕方《ゆうがた》になりました。松蝉《まつぜみ》は鳴《な》きやみました。村《むら》からは白《しろ》い夕《ゆう》もやがひっそりと流《なが》れだして、野《の》の上《うえ》にひろがっていきました。子《こ》供《ども》たちは遠《とお》くへいき、「もういいかい。」「まあだだよ。」という声《こえ》が、ほかのもの音《おと》とまじりあって、ききわけにくくなりました。

かしらは、もうあの子供《こども》が帰《かえ》って来《く》るじぶんだと思《おも》って待《ま》っていました。あの子供《こども》が来《き》たら、「おいしょ。」と、盗人《ぬすびと》と思《おも》われぬよう、こころよく仔牛《こうし》をかえしてやろう、と考《かんが》えていました。

だが、子供《こども》たちの声《こえ》は、村《むら》の中《なか》へ消《き》えていってしまいました。草鞋《わらじ》の子供《こども》は帰《かえ》って来《き》ませんでした。村《むら》の上《うえ》にかかっていた月《つき》が、かがみ職人《しょくにん》の磨《みが》いたばかりの鏡《かがみ》のように、ひかりはじめました。あちらの森《もり》でふくろうが、二声《ふたこえ》ずつくぎって鳴《な》きはじめました。

仔牛《こうし》はお腹《なか》がすいて来《き》たのか、からだをかしらにすりよせました。

「だって、しようがねえよ。わしからは乳《ちち》は出《で》ねえよ。」

そういってかしらは、仔牛《こうし》のぶちの背中《せなか》をなでていました。まだ眼《め》から涙《なみだ》が出《で》ていました。

そこへ四人《よにん》の弟子《でし》がいっしょに帰《かえ》って来《き》ました。

三

「かしら、ただいま戻《もど》りました。おや、この仔牛《こうし》はどうしたのですか。はは ア、やっぱりかしらはただの盗人《ぬすびと》じゃない。おれたちが村《むら》を探《さぐ》りにいってい たあいだに、もうひと仕事《しごと》しちゃったのだね。」

釜右衛門《かまえもん》が仔牛《こうし》を見《み》ていいました。かしらは涙《なみだ》にぬれた顔《かお》を見《み》られまい として横《よこ》をむいたまま、

「うむ、そういってきさまたちに自慢《じまん》しようと思《おも》っていたんだが、じつは そうじゃねえのだ。これにはわけがあるのだ。」

といいました。

「おや、かしら、涙《なみだ》……じゃございませんか。」

と海老之丞《えびのじょう》が声《こえ》を落《お》としてききました。

「この、涙《なみだ》てものは、出《で》はじめると出《で》るもんだな。」

といって、かしらは袖《そで》で眼《め》をこすりました。

「かしら、喜《よろこ》んで下《くだ》せえ、こんどこそは、おれたち四人《よにん》、しっかり盗人根《ぬすっとこん》性《じょう》になって探《さぐ》って参《まい》りました。釜右衛門《かまえもん》は金《きん》の茶釜《ちゃがま》のある家《いえ》を五軒《ごけん》見《み》とどけますし、海老之丞《えびのじょう》は、五《いつ》つの土蔵《どぞう》の錠《じょう》をよくしらべて、曲《ま》がった釘一本《くぎいっぽん》であけられることをたしかめますし、大工《だいく》のあッしは、この鋸《のこぎり》で難《なん》なく切《き》れる家《や》尻《じり》を五《いつ》つ見《み》て来《き》ましたし、角兵衛《かくべえ》は角兵衛《かくべえ》でまた、足駄《あしだ》ばきで跳《と》び越《こ》えられる塀《へい》を五《いつ》つ見《み》て来《き》ました。かしら、おれたちはほめて頂《いただ》きとうございます。」

と鉋太郎《かんなたろう》が意気《いき》ごんでいいました。しかしかしらは、それに答《こた》えないで、

「わしはこの仔牛《こうし》をあずけられたのだ。ところが、いまだに、取《と》りに来《こ》ないので弱《よわ》っているところだ。すまねえが、おまえら、手《て》わけして、預《あず》けていった子供《こども》を探《さが》してくれねえか。」

「かしら、あずかった仔牛《こうし》をかえすのですか。」

と釜右衛門《かまえもん》が、のみこめないような顔《かお》でいいました。

「そうだ。」

「盗人《ぬすびと》でもそんなことをするのでごぜえますか。」

「それにはわけがあるのだ。これだけはかえすのだ。」

「かしら、もっとしっかり盗人《ぬすっと》根性《こんじょう》になって下《くだ》せえよ。」

と鉋太郎《かんなたろう》がいいました。

かしらは苦笑《にがわら》いしながら、弟子《でし》たちにわけをこまかく話《はな》してきかせました。

わけをきいて見《み》れば、みんなにはかしらの心持《こころも》ちがよくわかりました。

そこで弟子《でし》たちは、こんどは子供《こども》をさがしにいくことになりました。

「草鞋《わらじ》をはいた、かわいらしい、七《なな》つぐれえの男坊主《おとこぼうず》なんですね。」

とねんをおして、四人《よにん》の弟子《でし》は散《ち》っていきました。かしらも、もうじっとしておれなくて、仔牛《こうし》をひきながら、さがしにいきました。

月《つき》のあかりに、野茨《のいばら》とうつぎの白《しろ》い花《はな》がほのか

に見《み》えている村《むら》の夜《よる》を、五人《ごにん》の大人《おとな》の盗人《ぬすびと》が、一匹《いっぴき》の仔牛《こうし》をひきながら、子供《こども》をさがして歩《ある》いていくのでありました。

かくれんぼのつづきで、まだあの子供《こども》がどこかにかくれているかも知《し》れないというので、盗人《ぬすびと》たちは、みみずの鳴《な》いている辻堂《つじどう》の縁《えん》の下《した》や柿《かき》の木《き》の上《うえ》や、物置《ものおき》の中《なか》や、いい匂《にお》いのする蜜柑《みかん》の木《き》のかげを探《さが》してみたのでした。人《ひと》にきいてもみたのでした。

しかし、ついにあの子供《こども》は見《み》あたりませんでした。百姓達《ひゃくしょうたち》は提燈《ちょうちん》に火《ひ》を入《い》れて来《き》て、仔牛《こうし》をてらして見《み》たのですが、こんな仔牛《こうし》はこの辺《あた》りでは見《み》たことがないというのでした。

「かしら、こりゃ夜《よ》っぴて探《さが》してもむだらしい、もう止《よ》しましょう。」

と海老之丞《えびのじょう》がくたびれたように、道《みち》ばたの石《いし》に腰《こし》をおろしていいました。

「いや、どうしても探《さが》し出《だ》して、あの子供《こども》にかえしたいのだ。」

とかしらはききませんでした。

39

「もう、てだてがありませんよ。ただひとつ残《のこ》っているてだては、村役人《むらやくにん》のところへ訴《うった》えることだが、かしらもまさかあそこへは行《い》きたくないでしょう。」

と釜右衛門《かまえもん》がいいました。村役人《むらやくにん》というのは、いまでいえば駐在巡査《ちゅうざいじゅんさ》のようなものであります。

「うむ、そうか。」

とかしらは考《かんが》えこみました。そしてしばらく仔牛《こうし》の頭《あたま》をなでていましたが、やがて、

「じゃ、そこへ行《い》こう。」

といいました。そしてもう歩《ある》きだしました。弟子《でし》たちはびっくりしましたが、ついていくよりしかたがありませんでした。

40

たずねて村役人《むらやくにん》の家《いえ》へいくと、あらわれたのは、

鼻《はな》の先《さき》に落《お》ちかかるように眼鏡《めがね》をかけた老人《ろうじん》でしたので、盗人《ぬすびと》たちはまず安心《あんしん》しました。これなら、いざというときに、つきとばして逃《に》げてしまえばいいと思《おも》ったからであります。

かしらが、子供《こども》のことを話《はな》して、

「わしら、その子供《こども》を見失《みうしな》って困《こま》っております。」

といいました。

老人《ろうじん》は五人《ごにん》の顔《かお》を見《み》まわして、

「いっこう、このあたりで見受《みう》けぬ人《ひと》ばかりだが、どちらから参《まい》った。」

とききました。

「わしら、江戸《えど》から西《にし》の方《ほう》へいくものです。」

「まさか盗人《ぬすびと》ではあるまいの。」

「いや、とんでもない。わしらはみな旅《たび》の職人《しょくにん》です。釜師《かまし》や大工《だいく》や錠前屋《じょうまえや》などです。」

とかしらはあわてていいました。

「うむ、いや、変《へん》なことをいってすまなかった。お前達《まえたち》は盗人《ぬすびと》ではない。盗人《ぬすびと》が物《もの》をかえすわけがないでの。盗人《ぬすびと》なら、物《もの》をあずかれば、これさいわいとくすねていってしまうはずだ。いや、せっかくよい心《こころ》で、そうして届《とど》けに来《き》たのを、変《へん》なことを申《もう》してすまなかった。いや、わしは役目《やくめ》がら、人《ひと》を疑《うたが》うくせになっているのじゃ。人《ひと》を見《み》さえすれば、こいつ、かたりじゃないか、すりじゃないかと思《おも》うようなわけさ。ま、わるく思《おも》わないでくれ。」

と老人《ろうじん》はいいわけをしてあやまりました。そして、仔牛《こうし》はあずかっておくことにして、下男《げなん》に物置《ものおき》の方《ほう》へつれていかせました。

「旅《たび》で、みなさんお疲《つか》れじゃろ、わしはいまいい酒《さけ》をひとびん西《にし》の館《やかた》の太《た》郎《ろう》どんからもらったので、月《つき》を見《み》ながら縁側《えんがわ》でやろうとしていたのじゃ。いいとこへみなさんこられた。ひとつつきあいなされ。」

ひとの善《よ》い老人《ろうじん》はそういって、五人《ごにん》の盗人《ぬすびと》を縁側《えんがわ》につれていきました。

そこで酒《さけ》をのみはじめましたが、五人《ごにん》の盗人《ぬすびと》と一人《ひとり》の村役人《むらやくにん》はすっかり、くつろいで、十年《じゅうねん》もまえからの知《し》り合《あ》いのように、ゆかいに笑《わら》ったり話《はな》したりしたのでありました。

するとまた、盗人《ぬすびと》のかしらはじぶんの眼《め》が涙《なみだ》をこぼしていることに気《き》がつきました。それを見《み》た老人《ろうじん》の役人《やくにん》は、

「おまえさんは泣《な》き上戸《じょうご》と見《み》える。わしは笑《わら》い上戸《じょうご》で、泣《な》いている人《ひと》を見《み》るとよけい笑《わら》えて来《く》る。どうか悪《わる》く思《おも》わんでくだされや、笑《わら》うから。」

といって、口《くち》をあけて笑《わら》うのでした。

「いや、この、涙《なみだ》というやつは、まことにとめどなく出《で》るものだね。」

とかしらは、眼《め》をしばたきながらいいました。

それから五人《ごにん》の盗人《ぬすびと》は、お礼《れい》をいって村役人《むらやくにん》の家《いえ》を出《で》ました。

門《もん》を出《で》て、柿《かき》の木《き》のそばまで来《く》ると、何《なに》か思《おも》い出《だ》したように、かしらが立《た》ちどまりました。

「かしら、何《なに》か忘《わす》れものでもしましたか。」

と鉋太郎《かんなたろう》がききました。

「うむ、忘《わす》れもんがある。おまえらも、いっしょにもういっぺん来《こ》い。」

といって、かしらは弟子《でし》をつれて、また役人《やくにん》の家《いえ》にはいっていきました。

「御老人《ごろうじん》。」

とかしらは縁側《えんがわ》に手《て》をついていいました。

「何《なん》だね、しんみりと。泣《な》き上戸《じょうご》のおくの手《て》が出《で》るかな。ははは。」

と老人《ろうじん》は笑《わら》いました。

「わしらはじつは盗人《ぬすびと》です。わしがかしらでこれらは弟子《でし》です。」

それをきくと老人《ろうじん》は眼《め》をまるくしました。

「いや、びっくりなさるのはごもっともです。わしはこんなことを白状《はくじょう》するつもりじゃありませんでした。しかし御老人《ごろうじん》が心《こころ》のよいお方《かた》で、わしらをまっとうな人間《にんげん》のように信《しん》じていて下《くだ》さるのを見《み》ては、わしはもう御老人《ごろうじん》をあざむいていることができなくなりました。」

　そういって盗人《ぬすびと》のかしらは今《いま》までして来《き》たわるいことをみな白状《はくじょう》してしまいました。そしておしまいに、

「だが、これらは、昨日《きのう》わしの弟子《でし》になったばかりで、まだ何《なに》も悪《わる》いことはしておりません。お慈悲《じひ》で、どうぞ、これらだけは許《ゆる》してやって下《くだ》さい。」

といいました。

　次《つぎ》の朝《あさ》、花《はな》のき村《むら》から、釜師《かまし》と錠前屋《じょうまえや》と大工《だいく》と角兵衛獅子《かくべえじし》とが、それぞれべつの方《ほう》へ出《で》ていきました。四人《よにん》はうつむきがちに、歩《ある》いていきました。かれらはかしらのことを考《かんが》えていました。よいかしらであったと思《おも》っておりました。よいかしらだから、最後《さいご》にかしらが「盗人《ぬすびと》にはもうけっしてなるな。」といったことばを、守《まも》らなければならないと思《おも》っておりました。

43

角兵衛《かくべえ》は川《かわ》のふちの草《くさ》の中《なか》から笛《ふえ》を拾《ひろ》ってヒャラヒャラと鳴《な》らしていきました。

四

こうして五人《ごにん》の盗人《ぬすびと》は、改心《かいしん》したのでしたが、そのもとになったあの子供《こども》はいったい誰《だれ》だったのでしょう。花《はな》のき村《むら》の人々《ひとびと》は、村《むら》を盗人《ぬすびと》の難《なん》から救《すく》ってくれた、その子供《こども》を探《さが》して見《み》たのですが、けっきょくわからなくて、ついには、こういうことにきまりました、——それは、土橋《どばし》のたもとにむかしからある小《ちい》さい地蔵《じぞう》さんだろう。草鞋《わらじ》をはいていたというのがしょうこである。なぜなら、どういうわけか、この地蔵《じぞう》さんには村人《むらびと》たちがよく草鞋《わらじ》をあげるので、ちょうどその日《ひ》も新《あたら》しい小《ちい》さい草鞋《わらじ》が地蔵《じぞう》さんの足《あし》もとにあげられてあったのである。——というのでした。

地蔵《じぞう》さんが草鞋《わらじ》をはいて歩《ある》いたというのは不思議《ふしぎ》なことですが、世《よ》の中《なか》にはこれくらいの不思議《ふしぎ》はあってもよいと思《おも》われます。それに、これはもうむかしのことなのですから、どうだって、いいわけです。でもこれがもしほんとうだったとすれば、花《はな》のき村《むら》の人々《ひとびと》がみな心《こころ》の善《よ》い人々《ひとびと》だったので、地蔵《じぞう》さんが盗人《ぬすびと》から救《すく》ってくれたのです。そうならば、また、村《むら》というものは、心《こころ》のよい人々《ひとびと》が住《す》まねばならぬということにもなるのであります。

中文翻譯

花木村與盜賊們

新美南吉

一

很久以前，花木村裡來了五個強盜。

那是一個初夏的中午，新生的竹子朝著空中，到處吐出纖細嫩綠的新芽，松蟬❶在松林裡嘰嘰地鳴叫著。

盜賊們沿著河川一路走了過來。來到花木村的村子口附近，有小孩和牛，正在長著山羊蹄、苜蓿的綠色原野上玩耍。光看到這景象，強盜們就足以判斷這村子是座和平的村莊，而且確信裡頭一定有不少擁有金錢跟上等服飾的人家，不由得心頭一陣暗爽。

河川在草叢下流著，咕嚕嚕地牽動河裡的水車之後，再進入村子裏頭。

當來到草叢之時，盜賊之中的頭目說話了。

「那大爺我就在這草叢蔭下等著，你們幾個先進村子裡去，把門路探個清楚再回來跟我報告。畢竟你們當賊都是初學乍練的，千萬當心不要出差錯！要是發現看起來好像很有錢的人家，就給我好好地探查一番，看看那人家有哪個窗戶快破了，裡頭是否有狗。清楚了嗎？釜右衛門！」

「是！」釜右衛門回答。他在昨天之前還是個遊走四方的製鍋師，專門製造一些飯鍋啦、煮水鍋之類的。

「知道了嗎？海老之丞！」

「是！」海老之丞回答。他在昨天之前是個鎖匠，專門打造家家戶戶的倉庫啦、長方形置物櫃等等的鑰匙。

「明白了嗎？角兵衛！」

「是！」還是個少年的角兵衛回答。這孩子是從越後來的角兵衛獅子❷，直到昨天為止，都還在挨家挨戶到人家門前倒立啦、翻幾個筋斗來換取個一、兩文錢。

「聽懂了嗎？鉋太郎！」

「是！」鉋太郎回答。他是打從

江戶來的木匠之子，直到昨天為止都為了修練他木匠的工夫，一直在各地巡迴視察寺廟及神社門的架構。

「那麼現在你們就去吧！老大我是當家的，就在這裡抽根菸等你們了。」

嘍囉們聽完吩咐之後，只見釜右衛門扮成製鍋師、海老之丞扮成鎖匠、角兵衛像個舞獅子的人的樣子嗶哩嗶哩地吹起笛子、鉋太郎則扮成木匠，各自竄入花木村。

嘍囉們走後，頭目悠哉地往河邊草地上一坐，果真像剛才他對嘍囉們說過的樣子，一臉賊相地大口大口地抽起香菸。一看便能確知，他是個長久以來慣於燒殺擄掠的道地強盜。

「在昨天之前，我還是個單打獨鬥的匪徒，今天第一次當上了強盜首領。一旦當上首領，倒覺得還真是個滿好的差事！有工作嘍囉們去做，我只要像這樣躺著等就行哩！」頭目因為沒什麼事可做，就自言自語地說起這類無聊話了。

終於徒弟釜右衛門回來了。

「御頭目❸，御頭目！」頭目猛然從薊花叢邊挺起了身子。

「喂！搞啥呀，嚇我一跳！別再叫我御頭目了，聽起來還以為是什麼魚頭之類的呢。只叫頭目就好。」

才剛成為強盜的嘍囉道了一聲歉說：

「真是太對不起您了！」

「怎樣呢，村裡的狀況？」頭目問說。

「很棒啊！首領，有喔，真的有喔！」

「有啥？」

「有間大房子，那兒的飯鍋啊，可是能煮上三斗米的大鍋喔。那肯定是能換大錢的啦。還有啊，廟裡釣掛著的鐘，也是個相當有份量的東西，只要將它敲碎打散，那鐵定可以做成五十個煮水鍋。不管怎麼說，我是絕對不會看走眼的，要是您以為我在瞎掰，那我實際做給您看吧？」

「別在蠢事上擺出那幅跩樣！」

頭目斥責他的弟子。

「就因為你擺脫不了製鍋師的心態，所以事情辦不好。當賊的人，那有像你這樣專門去察看飯鍋、釣鐘之類的傢伙啊！那是啥呀？你手裡拿著的，那個破了個洞的鍋子？」

「是的，這、這是我路過一戶人家門前時，看到這東西掛在一個羅漢松圍成的籬笆上晒著。一看，發現底部破了個洞。看到這洞，我不由得忘記自己已經是盜賊了，就忍不住對那家的女主人說，這鍋子我二十文可以幫你修好。」

「你怎麼那麼沒大腦啊！完全沒把自己盜賊這個行業好好放在心上，才會瞎攪出這種鳥事！」

頭目很有首領樣地教訓了弟子一番，然後命令弟子說：「你再次潛入村子裏，確確實實地重新探查一番。」

釜右衛門晃噹晃噹地搖著他那隻破了個洞的鍋子，再次進到村子裡去了。

這回輪到海老之丞回來了。

「首領，看來這村子還真是沒啥指望哪！」海老之丞有氣沒力地說。

「為什麼？」

「所有的倉庫根本就沒個像樣的鎖，只有掛著連小孩都能扯斷的爛鎖而已。瞧那樣子，我們的生意根本就搞不起來嘛！」

「你所謂的我們的生意，指的是什麼？」

「嗯，是……鎖……匠。」

「你這傢伙也沒調整好心態……！」頭目對著他怒罵。

「是，真太對不起您了。」

「正因為是那樣的村莊，所以我們的生意才更容易做，不是嗎？有什麼事比既有倉庫，又只掛著連小孩都能扯斷的鎖，對我們這種行業更有利呢？你這豬頭，再去給我重查一遍！」

「原來如此，就是這種村莊才越方便做生意喔。」

海老之丞內心一面佩服著，一面再走進村子裡去。

下一個回來的是角兵衛少年。因為角兵衛是吹著笛子回來的，所以尚未現身，人還在草叢對面時，就可以知道是他來了。

「你要嗶哩哩地吹到什麼時候啊？賊偷可是要儘量避免發出聲音的！」頭目開罵。角兵衛停止了他的吹奏。

「說說看，你這小子倒是去看到了些什麼？」

「沿著河川往前直走過去有間小房屋，菖浦花開滿了整座庭院。」

「嗯，然後呢？」

「那家的屋簷下，有位頭髮、眉毛還有下巴的鬍子都白蒼蒼的老爺爺。」

「喔，那老爺爺的模樣是不是看起來，像是會把裝著江戶金幣❹的壺罐等東西，藏在屋簷底下的那種人呢？」

「那位爺爺正在吹笛子，雖說是支不怎麼起眼的平凡竹笛，卻發出很好的音色。我生平第一次聽到美得那麼不可思議的聲音，正當聽得入神的時候，老爺爺笑容可掬地，又吹了三支長長的曲子給我聽。我哪，為了謝謝他，就一口氣翻了七個連環筋斗給他看囉。」

「那還真了不起呀！然後呢？」

「當我說那笛子是支好笛時，他就告訴我一個長著笛竹的竹林。據他說就是用那兒的竹子做笛子的。於是，我就到老爺爺告訴我的竹林去看了一看。果真有好幾百支超棒的笛竹，高高地長得挺好的呢！」

「從前有從竹子當中散發出金光的故事，怎樣？可有江戶金幣掉落在那裡？」

「然後啊，再往河川的下游一直走去，有座小尼姑庵。那裡正在舉行豐年祭❺呢。庭園裡人擠得滿滿的，正在把土常山葉煮的熱甜茶❻澆在一尊大約和我的笛子一般高的佛像上。我也澆了不少，而且也幸運地喝了很多呢！要是有茶碗的話，我早就帶回來給頭目您喝了呢……」

「唉呀呀，好一個純潔無辜的盜賊呀！在那樣的人群當中，該留心注意的是人們的懷中錢、袖中幣啊。脫線的呆瓜！你這小子也一樣給我重新去探查一次！笛子就擱這兒不許再帶去了！」

角兵衛被責備後，把笛子擱在雜草中，又再進到村子裡去了。

最後回來的是鉋太郎。

「你這傢伙，應該也是沒打探到什麼像樣的吧？」還沒聽他講，頭目就先說了。

「不，發現有錢人，有錢人呦！」鉋太郎用興奮雀躍的口吻說。一聽到有錢人，頭目笑了開來。

「是喔，有錢人？」

「對，有錢人！有錢人！住宅可氣派豪華著呢！」

「嗯！」

「要說那宴客廳的天花板呀，可是用屋久杉劈成的一整塊木板哩！一想到我老爸要是看到這樣的東西，不知道會有多高興，我不禁看到入神了呢。」

「哼，真沒意思！照你說，難不成你想把那天花板給拆過來嗎？」

鉋太郎想起自己是嘍囉的身分了。發覺到身為嘍囉，自己真是太過駑鈍了，鉋太郎瞬時滿面羞慚地低下頭來。

於是鉋太郎也一樣，再進到村裡重新來過。

「還真不是普通的叫人操心哪！」

只剩一個人的頭目朝天仰臥在草地上說：「沒想到頭目這碗飯也不是那麼容易吃的！」

二

「有賊呀！」

「有賊呀！」

「快，逮住他！」

突然傳來許多孩童的聲音。即使只是小孩子的聲音，聽到這種話，身為盜賊還是會嚇一跳的，害得頭目猛然跳了起來。在霎那間，想著，究竟是跳進河裡逃往對岸好呢，還是跳進草叢中把身子藏起來比較好。

但是孩童們卻是揮舞著一段段的繩子和帶鈎警棍玩具，向遠方跑去。孩童們在玩官兵抓強盜的遊戲呢。

「搞什麼，原來是在玩遊戲啊！」

頭目緊繃的神經鬆懈了下來。

「就算是玩遊戲吧，抓強盜也不是什麼好遊戲吧？現在的孩子都不做什麼正經事了。看這樣子，還真叫人擔心他們的將來呀。」

分明自己就是個強盜，頭目竟還那樣自言自語著，一邊準備躺回草叢中。就在那時從背後傳來一聲，

「叔叔！」

回頭一看，有個七歲左右，長相非常惹人憐愛的小男孩，正牽著頭小牛站在那裡。從他那氣質出眾的臉龐，和白皙的手腳看來，他絕對不會是農民的孩子。也許是哪戶老爺家的小少爺，跟著男僕到野外來玩，央求男僕把小牛讓他牽也說不定。但是奇怪的是，在那孩子白皙的小腳上穿著小小的草鞋，就像個將要出遠門的人似地。

「牽著這隻牛別放呦！」

在頭目什麼都還沒說之前孩童就

先開口了，然後走到頭目的身旁，將紅色的拉繩交到他的手裡。

頭目聽完，挪動他的嘴唇想說些什麼，但話還沒說出口，孩童已經追著另一邊的一群小孩跑走了。為了要跟那群孩童們一起玩，這個穿著草鞋的孩子一溜煙，連頭也不回一下地消失了蹤影。

在還沒搞清楚狀況之前，就硬是被人塞了一頭小牛的頭目，看著小牛喀喀地笑了起來。

一般來說小牛是會到處跳躍打轉的，想拉住牠可得費一番周章。然而這隻小牛卻非常乖巧，只是一閃一閃地眨著牠那濕潤的大眼睛，天真無邪地站在頭目的身旁。

「喀喀喀……」

頭目的笑意從肚子裡頭不斷蜂擁而上，已經是壓抑不住了。「這下子我可以向嘍囉們炫耀一番了。我大可說當你們這些傢伙一臉傻樣，在村子中晃盪時，老子我已經偷到一頭小牛了耶。」

頭目接著又是喀喀喀地直笑。因為笑得太過厲害，這次連眼淚都滲了出來。

「啊，真好笑，笑過頭害我眼淚竟然流了出來。」

然而那淚水，卻是流啊流地全然停不下來呢！

「哎呀，這是怎麼回事啊？老子我竟然會流淚，這……這……簡直是跟在哭沒什麼兩樣嘛！」

沒錯，頭目是真的在哭，因為頭目很高興。自己長久以來，都只是被人冷眼相待，每當自己經過時，人們總是一副簡直像在說：「喂！注意！有怪人來了！」似地，不是關窗戶就是放下簾子。只要自己一開口打招呼，即使是談笑風生中的人們，也一定會好像突然想起有急事似地，馬上掉頭轉向離開。就連浮游在水面的鯉魚，只要自己一站到岸邊，也會驟然翻身沉潛而去。某次把柿子賞給耍猴人身上背的猴子，牠連咬都不咬一口就扔到地面上去了！大家都討厭自己，大家都不願意相信自己。但是，這個穿著草鞋的孩子，卻將小牛託付給了當盜賊的自己，把自己當成個好人。這隻小牛也是，一點兒都不討厭自己，還表現得這樣乖巧，就像把自己當成母牛似地挨在身旁。孩子跟小牛都相信著自己，這樣的事情對身為盜賊的自己而言，還是生平頭一遭。被人信任，原來是一件這麼開心的事情呀！

因此，此刻頭目的心地變得非常地美好。孩提時期曾經有過這樣的感受，但是在那之後有很長的一段時間，一直抱著一顆污穢不堪的心。事隔那麼久，頭目又有了一顆美好的心。這就如同身上滿是污垢的骯髒和服，忽然被換成華美盛裝一樣奇妙。

——淚水之所以從頭目的眼中不停流下，正是因為這個原故。

終於到了黃昏。松蟬停止了鳴叫，從村裡悄悄地湧現出白色的晚靄，在原野上擴散了開來。孩童們漸行漸遠，「躲好了嗎？」「還沒！」捉

迷藏的聲音，也伴隨著其他聲音，變得很難分辨得清楚了。

頭目心想應該是那孩子要回來的時刻了，一邊熱切地等待著。他思忖著當孩子來的時候，要對他說：「來，還你！」很愉悅地把小牛還給他，別讓孩子察覺出自己是個強盜。

然而孩童們的聲音已消失在村莊之中，草鞋小孩並沒有回來。掛在村莊上的月亮，好像鏡匠剛打磨過的鏡子，開始發出光芒。遠方森林裡的貓頭鷹，嗚嗚、嗚嗚地，有規律地叫了起來。

小牛可能是肚子開始餓了，把身體朝著頭目緊挨過來。

「我也沒辦法呀！老子我又擠不出奶來。」說完之後，頭目撫摸著小牛帶著斑點的背脊，眼淚再次奪眶而出。

這時四個嘍囉一起回來了。

三

「首領，我們回來了。咦，怎麼會有頭小牛呢？哈哈，首領到底是個不同凡響的盜賊啊！在我們進村打探這段時間，就已完成了一件工作了呢。」

釜右衛門看著小牛說道。頭目為

了不讓人瞧見自己淚流滿腮的模樣，刻意把臉轉向另一邊說：

「嗯，本來想對你們這樣說，來驕傲一番的啦，但事實卻不是這樣。這中間是有些緣故的。」

「哎呀，首領，您該不會是在掉眼淚吧？」海老之丞輕聲低問。

「眼淚這東西啊，一流還真是停不下來呀！」說了之後，頭目用袖子擦了擦自己的眼睛。

「首領，您可得高興點喔！這一回啊，我等四人，可是完全發揮盜賊的幹勁去查探回來了呦！不單釜右衛門確認出五戶人家擁有金茶釜。海老之丞也仔細調查確定出有五間土牆倉庫的鑰匙，只要用一根彎釘子就可以打得開來。而我這木匠，則看到了五戶人家裡有只要用這根鋸子，就能夠輕易鋸斷的後門。至於角兵衛嘛也發揮了他的特長，找到五面只要穿著高腳木屐就能跳越過去的牆呢。首領，我們真希望能聽您稱讚我們一下。」鉋太郎得意洋洋地說。

但是頭目並沒回答他的話，只是說：「有人把這隻牛交給我保管，但是到現在還沒來回牽，所以我正在傷腦筋。抱歉，你們能否分頭幫我去找那託付我的小孩呢？」

「首領，您真要把這隻代管的牛還回去嗎？」釜右衛門帶著不解的表情問道。

「是的。」

「盜賊也會做這種事嗎？」

「這是有原因的。不管怎樣這是一定要還的！」

「首領，請您拿出您身為盜賊該

有的本色！」鮑太郎勸說。

頭目一邊苦笑，一邊詳細地把事情的經過說給嘍囉們聽。聽過事情的原委後，大家就很能理解頭目的感受了。

於是嘍囉們現在決定要去找孩子了。

「是個穿著草鞋，很惹人疼的七歲左右小男生，對吧？」

再次確認過後，四人就分道而行。頭目已經按捺不住了，也拉著小牛一起去尋找。

藉著月光，五個老大不小的強盜為了找尋那小孩，牽著一匹小牛走在村落之間。在夜色中，隱約可以看見野薔薇與卯花的白色花朵。

如果那孩子以為捉迷藏還沒結束，有可能還藏在某個角落也說不定。盜賊們舉凡是蓋在十字路旁，有螻蛄鳴叫的小佛堂檐廊❼下啦、柿子樹上啦、庫房中啦，或是飄著香氣的橘子樹樹蔭下等等地方，都試著去尋找了一番，也試著去問了問一些人。

但是終究沒能找到那個孩子。農夫把燈籠點上火提了過來，對著小牛照了一照，直說沒在這附近看過這樣的小牛。

「首領，看來就算花一整夜去找，也不會有結果的，還是算了吧！」

海老之丞一幅精疲力盡的樣子，在路邊的石頭上坐下來這樣說。

「不，無論如何我都想把那個孩子找出來，將牛還給他。」

頭目沒把話聽進去。

「已經別無他法了，剩下來的唯一辦法就是到村裡的官員那邊去求助了，首領不會想去那種地方吧！」釜右衛門問說。

所謂村裡的官員，就是如同現在的派出所員警。

「是這樣嗎。」

頭目陷入了沉思當中，摸了小牛的頭好一陣子。不久之後他才說：

「那麼，就往那兒去吧！」

話才說完他就已經動了起來。嘍囉們雖然嚇了一大跳，但是除了跟著去，也別無他法了。

當找到村裡的官員的處所時，出現的是一位眼鏡都快掉到鼻尖的老人家，盜賊們立刻安心了起來。因為他們心想，這樣的話，即使出什麼狀況，只要一把推開老人逃之夭夭就沒事了。

頭目提起小孩的事情：「那孩子失去了蹤影，正在傷腦筋哪。」

老人家把五個人的臉全掃視了一遍，問道：

「你們都是在這附近從沒見過的人們，是打哪兒來的呀？」

「我們是從江戶來，要往西去的人。」

「該不會是賊人吧？」

「不，怎麼可能。我們都是行走各地的工匠，有製鍋師和木匠及鎖匠等。」頭目趕緊辯解。

「哎呀，我失言了，真是抱歉。各位絕非盜賊，因為盜賊不可能會歸還東西的。要是盜賊的話，有人寄放他東西，應該會趁此良機佔為己有。真不該呀，難得你們如此好心地把失物送過來，我卻對各位如此失言，真是對不住啊。唉，我因為職業上的關係，養成了懷疑人的習性，只要見到人，心裡就會先揣測，這傢伙該不會是騙子或強盜小偷之類的吧？老朽在此，就請各位千萬別見怪囉！」

老人解釋了一番道了歉，並且也決定先代為保管小牛，命男雜役將牛牽到庫房那邊去了。

「旅途勞頓，大家都累了吧？我現在剛好從西館那頭的太郎先生那裡收到一瓶好酒，正想邊賞月邊坐在檐廊上喝它一杯哪，大家來得正是時候。就煩請各位相陪了！」

人非常好的老人家，帶領五個盜賊走到了檐廊。

一夥人就在那兒喝起了酒，五個強盜和一個村裡的官員完全放鬆了，簡直好像從十年前就認識似地，愉快地談笑了起來。

再一次，盜賊頭目發覺自己的眼睛又在流著眼淚了。看到這情景的老官員說道：「看得出你是個酒後很愛哭的人。我則是個喝了酒就很愛笑的人，而且看到有人在哭就會越發地想笑。請千萬不要見怪，我要笑了喔！」說完，就張開嘴大笑了起來。

「唉，眼淚這玩意兒呀，真是說流就沒個止境呀！」頭目一個勁兒地邊眨著眼睛邊說。

喝完酒後五個強盜道了謝，走出官員的房舍。走出了門，來到柿子樹旁時，頭目好像想起什麼似地停下了腳步。

「頭目，您忘了什麼東西沒拿嗎？」鉋太郎問他。

「嗯，是有東西忘了。你們也一起再跟我回去一趟。」說完，頭目又帶著嘍囉重新進入官員的房舍。

「老人家！」頭目將自己的雙手指尖抵著檐廊，正襟跪座❽地喊了一聲。

「怎麼了，一臉的哀傷。是酒後愛哭的人又在使絕招嗎？哈哈哈！」老人家笑了起來。

「我等其實是盜賊。我是頭目，這幾個是徒弟。」

聽到這話，老人家眼睛睜得圓滾滾的。

「沒錯，您感到驚訝也是理所當然的。我原本沒有招認的打算，但是老人家您是一位如此心地良善的人，看到您把我們當成正派人相信，我已經無法再欺瞞您老人家了。」

說完這話，盜賊頭目更把他到目前為止，做的所有壞事全部招供了出來。最後他說：

「但是他們都是昨天才剛成為我的徒弟，還沒做任何壞事。請您就大發慈悲，饒恕了這些人吧！」

第二天早晨，製鍋師、鑰匙匠、木匠和角兵衛，各自朝著不同的方向，從花木村離去。四人全低著頭走了。他們紛紛想著，頭目這個人確實是位好頭目。正因為是位好頭目，所以他們決定要好好地遵守頭目最後對他們所說的「絕對不可以再當盜賊」這個吩咐。

角兵衛從河邊草叢中拾起他的笛子，嗶哩嗶哩地吹著離開了。

四

於是五個盜賊改過自新了，但那個成為契機的孩子究竟是誰呢？雖然花木村的人們試著去尋找過，但把村子從盜匪之難拯救出來的那個孩子，結果還是不知其蹤，最後終於做了這樣的結論——那應該是從以前就在土堆橋頭的小地藏菩薩吧，穿著草鞋就是個明證。因為呢，不知是何緣故，村民們常獻草鞋給這尊地藏菩薩，而那天剛好又有雙新的小草鞋被供奉在地藏菩薩的腳底下呢——眾人言之鑿鑿。

雖說地藏菩薩穿著草鞋走路是件很不可思議的事情，但我認為這種不可思議也滿好的。況且，因為這是很久以前的事了，所以真相究竟如何也早已無所謂。然而，假若這件事是真的話，那就是因為花木村村民全是善心人士，所以地藏菩薩才會從盜賊手中拯救了大家。如此一來，也可以想成「村莊這種地方，一定要讓心地善良的人來住才是。

註

❶ 松蟬：又名春蟬，因性喜在松林鳴叫而得名。

❷ 角兵衛獅子：原文「越後獅子《えちごじし》」，是發祥於新潟縣新潟市南區的鄉土藝能，在人前吹笛打鼓，表演雜耍賺取賞錢。又稱為「角兵衛獅子《かくべえじし》」或「蒲原獅子《かんばらじし》」。）

❸ 御頭目：日本人常加上「御」字表珍惜或尊重。原文「かしら」原本指人或動物的頭部，轉義為團體的首腦。

❹ 江戶金幣：原文「小判《こばん》」，是流通於江戶時代的一種金幣，多呈長方圓形。

❺ 豐年祭：原文「花の撓」，是以名古屋為中心的愛知縣祭典。通常在五月上旬，神社或寺廟境內，會用花草作些「農民娃娃」或「袖珍庭園」的裝飾，參拜者往往依展飾物的形狀來占卜未來作物的吉凶，以決定下種品種。

❻ 熱甜茶：日本有些寺廟，會辦用土常山葉煮成甜茶浴佛的法會，信眾再將浴過佛的甜茶喝下祈求安康。

❼ 檐廊：原文「縁側《えんがわ》」是日式房屋的獨特構造，在房子外緣用木板敷成通路。既可供日常行走，也是從庭園直接進屋的捷徑，更兼具小憩或作樂的雅趣。

❽ 正襟跪座：日本人採跪坐姿勢，並將指尖頂著地板或塌塌米，是在表達一種正經嚴謹的心情與態度。

宮沢《みやざわ》賢《けん》治《じ》

伊哈都舞（イーハトーブ）之父

宮《みや》沢《ざわ》賢《けん》治《じ》

陳慶彰

被許多日本評論家喻為天才的宮澤賢治，於一八九六年（明治二十九年），出生在現今以溫泉鄉聞名的岩手縣花卷村。他除了是一般人所熟知的詩人、童話作家之外，也是日本人公認的教育家兼農業指導專家。甚至於他還作詞、作曲，不但熟知礦石、珠寶，也喜歡梵谷、賽尚等畫家，同時酷愛收集浮世繪。

自小篤信佛教的他，晚年倡導農民藝術運動，被尊為肥料之神，終生義無反顧地獻身社會公益，直到油盡燈枯為止。一九三三年（昭和八年）九月，在他與世長辭的前一天，還抱病指導前來詢訪的農民關於肥料的改良問題。他享年三十七歲，在辭世之際，還不忘請他父親印製「法華經」千本，將自己的信仰分享世人。

本書要介紹的是宮澤賢治的兒童文學，率先提到他跨領域的多方面成就，並非為了歌功頌德，而是因為舉凡他的興趣、信仰、治學、以及出生地，都結晶成了他文學創作裡，不可或缺的要素。這些養分和能量，全都化作宮澤賢治文學的一部分靈魂，散發出專屬於他個人獨有的魅力。

一九一一年（明治四十四年），十五歲的宮澤受年長他十歲的學長——名歌人石川啄木的影響，開始寫第一篇短歌，之後便一頭栽進了詩歌的世界。二十歲左右開始創作童話，特別是在一九二一年（大正十年）二十五歲時，火力全開地締造了創作量高峰期，也奠定了他日後童話大師的基礎。

一九二四年（大正十三年）他二十八歲，自費出版生前唯一的兩本書。一本是在四月出版的心象素描詩集《春與修羅》，另一本是十二月出版的伊哈都舞（イーハトーブ）童話《要求特別多的餐廳》。

在《要求特別多的餐廳》一書的附錄中，宮澤為他自創的辭彙「イーハトーブ」，下了定義：「イーハトーブ是一個地名……就是夢想王國——岩手縣。」

宮澤一生都在為構築一個屬於大家的夢想王國而努力；他所熱愛的家園岩手縣，一直都是他夢寐以求的理想國藍本，也是他創作的搖籃。而今，岩手縣自豪地稱自己為「イーハトーブ」之都，完全以擁有宮澤賢治為榮。

日本小學國語課本經常出現他的作品，在六年級版本中，更定義他是一個為追尋、打造理想世界，像太陽一般熱烈燃燒，披星戴月永不休止的人。

宮澤兩本生前自費出版，毫不賣錢的書，如今早已像長了翅膀一般，遍及亞洲遠渡歐美，被翻譯成幾十國文字。也徹底實現了他當年，為了想向全世界介紹

自己的「伊哈都舞理念」，專程去學世界語（Esperanto／エスペラント語，歐洲統一語言）的自我期許。

即使書不賣，也充滿雍容自信的格局，在他充滿創意、熱力的作品中，閃爍著掩蓋不住的神采！

導讀

精心設計的夢幻與批判

《要求特別多的餐廳》

陳慶彰

在日語新詞中，有個字叫做「きもかわいい」是「気持ち悪い」加「可愛い」的意思。換句話說，就是帶點恐怖或噁心感的可愛。這種詭譎的特質，對現代年輕人而言，據說是一種親切的吸引力。宮澤賢治的作品群中，若要挑出最具這類型親和力的作品，一定不會遺漏掉這一篇——〈要求特別多的餐廳〉吧？

宮澤生前唯一出版的童話集中，有九篇各具特色的珠玉精選。作者情有獨鍾地選中這篇，來當他童話王國處女作的書名，應該有他的道理。

日本小學國語課本，有多家出版社編列它為五年級的文學欣賞。（日本有多家專門發行小學課本的出版社，內容各自不同，各學區有其選擇自決權。）

許多書評熱烈討論，有的還用整本厚書，很認真地發表研究心得。其中一位小學教師以這篇作品為素材，由略讀、細讀、深耕讀、到解剖讀，層次分明地引導，自由、細膩地啟發小朋友們閱讀的竅門。好玩、精彩的引導方式，讓我拍案叫絕到真的掉下眼鏡！

目前東京、琦玉、京都、九州等日本全國各地，多有以「山貓軒」命名的西餐廳。有的甚至掛著「注文」很多的看板，好像擺明了要跟作者家鄉的花卷村本家搶生意似的。

信手捻來的這些事實，都在告訴我們〈要求特別多的餐廳〉一文，比我們能想像的要更受歡迎。

為什麼呢？因為越是精讀，就會越覺得這篇作品非常的宮澤賢治！

首先在文章的架構上，呈現出來的是宮澤賢治慣用的嚴謹設計，而且還特別明晰，十分具有代表性。針對許多論述中，日本語學家西田直敏，在為作者的書寫序時，曾提點得非常清楚。他說：「首先這個作品，可以大分為開端、發展、結尾三個部份，而且在發展部分裡，又再細分成起、承、轉、合四個區塊加以構成。」

一、開端：在深山中，兩個前來打獵的紳士迷失路途，尋無獵物，即將餓昏。

二、發展：

「起」——那時忽然出現了讓他們引發期待的「西餐廳山貓軒」。

「承」——兩人站到玄關前。門上寫著些字句，一共五道門。門的前後都各自寫著主導故事發展的話語。從起頭的「客氣邀約」，中段要求「脫衣清理解除武裝」，到後來露骨地要客人「塗抹奶油搓揉鹽巴」，一共十句。

「轉」——兩人發現事態嚴重時，第五道門已經深鎖。第六道門畫著刀叉圖騰，兩隻藍眼珠在兩個鑰匙洞中溜轉。進退兩難的兩位紳士，急到臉變得像皺巴巴的廢紙團似地。

「合」──原來以為已經死掉的狗突然出來為他們解圍。餐廳頓時消失，迷失了的領路獵人也跟著回來了。

三、結尾：紳士購買山雉取代獵物帶回家，但變皺的臉卻再也無法復原了。

這個解析像個地圖，希望讀者有了它就不會像缺乏方向感的我一樣，一開始就在山貓軒延綿不絕的門陣中，迷失了好一陣子。

就在這樣一個精準設計的架構上，宮澤透過一層層的房門，像剝洋蔥似地，一層層地對兩位紳士人物，做他個人十分擅長的「人性解剖」。所謂的「紳士」，往往給人不同層面的印象。可能是和風煦日的謙謙君子，也可能是金玉其表、敗絮其中的小人。故事中的兩位主角顯然是後者，於是在最後卸下他們虛假浮誇的光彩「顏面」，給他們一個比死更難堪的結局。

開場不久，他們看到自己的狗突然死去，卻絲毫沒有一點憐憫之心，想到的只是他們那等同兩三顆鑽戒的巨額損失，甚至還有心情互相炫燿比價，三言兩語就勾勒出他們的膚淺和硬心腸。說到心腸硬，他們的打獵根本毫無必要與正當性。提到射鹿時的說辭，簡直輕率到沒有人性，不只期待著殺生的快感，甚至連鹿中槍倒地，應該會先轉個幾圈的畫面，都想像得那麼充滿血腥式黑色歡樂。

此外，他們也夠愚蠢，被山貓的雙關語耍得團團轉。像「請千萬別客氣」，可以當作「不客氣地進入」，也可以當作「免費用餐」；關鍵的「注文很多」，可以解讀成「點菜率很高」，也可以解讀成「用餐要求多」。諸如此類的雙關語，以及每道正反門板上的提示，都是測試他們心性與智慧的雙叉路口，也是一個回頭的機會。可惜，兩位紳士只習慣聽進他們想要聽的話，才會越陷越深。

作者借由客觀瑣事的堆積，迂迴刻畫登場人物，而刻意不直接使用形容詞，以避免露骨的批判。這反而給與讀者更多自我判斷的空間，也把人物個性情感描寫得更為絲絲入扣，是非常典型的日本文學表現。

顯然，作者對日語確實有其獨到的敏感性與操控力。藉由雙關語的曖昧不明，製造出許多意外的幽默效果。這點與日本相聲「漫才」，利用雙關語引發強弱攻防，來加以製造滑稽反差的手法非常接近。

這篇作品還有一點也非常具有作者的特質，那就是預設若干疑問和謎團。說真的，這故事中莫名其妙就消失的東西還真多！例如：為什麼一開場，狗兒就死了？帶路獵人也失蹤呢？結尾時又為何突兀地通通跑回來了？原來這些設定是象徵山貓魔法啟動的序曲與終章。至於中段慢慢透明，消失得很美的長柄刷子，則是暗示魔法即將產生爆發力，馬上就要高潮迭起的預告喔！像這樣讓讀者先引發不解，再透過探索理解之後，產生更深層的共鳴，是否可以說是「宮澤魔法」的一種呢？

如果您也從作品的字裡行間，感受到許多尖銳沉痛的批判，那就對了！

其實，宮澤賢治曾自我界定這個作品是：「缺糧村中的孩子們，對於都市文明與放肆階級之無法抑制的反感。」然而，這篇對日本大正時代貧富不均、盲目崇洋所發出的怒吼，卻呈現得如此童趣、輕快甚至於帶著溫馨的格局，人文關懷中透著俏皮的討喜。

是的，宮澤賢治的性格中確實是有輕快俏皮的成分的，讓我用一則他的真實故事來證明。話說有一天，經常跟學生打成一片的宮澤賢治，帶著一群年少輕狂的高中小男生，來到了一個叫人垂涎欲滴的西瓜田，他竟慫恿學生們用細竹當吸管，去偷偷吸食看來最大最香甜的西瓜。學生起先一陣譁然，接著拋下遲疑遵照吩咐，進而開始興奮嘻鬧，到最後的最後才知道，原來宮澤賢治早就預付瓜農該有的費用了。看吧！調皮搗蛋加點可愛的故弄玄虛，是不是人如其文呢？難怪我們面對這篇理應恐怖玄疑的作品，卻不覺得沉重，反而越看越感受到明快俐落的西式歡愉。

眾所周知，宮澤賢治心儀丹麥童話作家安徒生（Hans Christian Andersen），而從這篇運用西洋手法，來包裝日本精神，飄散韻律感與詩情的作品中，也清楚看得到《愛麗絲夢遊仙境》作者路易斯・卡羅（Lewis Carroll）的影響。確實有日本童話史文獻提到，在宮澤之前日本並沒有奇幻（fantasy／ファンタジー）童話，作者這種將日本怪談套用西洋風情，頗具有小歌劇形式的寫法，首開日本奇幻童話的新局。

我想，無論在任何藝術領域，舉凡首創的歷史定位都值得珍惜更足以推崇。

原文鑑賞

注文《ちゅうもん》の多《おお》い料理店《りょうりてん》

44

宮沢賢治《みやざわけんじ》

二人《ふたり》の若《わか》い紳士《しんし》が、すっかりイギリスの兵隊《へいたい》のかたちをして、ぴかぴかする鉄砲《てっぽう》をかついで、白熊《しろくま》のような犬《いぬ》を二疋《にひき》つれて、だいぶ山奥《やまおく》の、木《き》の葉《は》のかさかさしたとこを、こんなことを云《い》いながら、あるいておりました。

「ぜんたい、ここらの山《やま》は怪《け》しからんね。鳥《とり》も獣《けもの》も一疋《いっぴき》も居《い》やがらん。なんでも構《かま》わないから、早《はや》くタンタアーンと、やって見《み》たいもんだなあ。」

「鹿《しか》の黄《き》いろな横《よこ》っ腹《ぱら》なんぞに、二三発《にさんぱつ》お見舞《みまい》もうしたら、ずいぶん痛快《つうかい》だろうねえ。くるくるまわって、それからどたっと倒《たお》れるだろうねえ。」

それはだいぶの山奥《やまおく》でした。案内《あんない》してきた専門《せんもん》の鉄砲打《てっぽうう》ちも、ちょっとまごついて、どこかへ行《い》ってしまったくらいの山奥《やまおく》でした。

それに、あんまり山《やま》が物凄《ものすご》いので、その白熊《しろくま》のような犬《いぬ》が、二疋《にひき》いっしょにめまいを起《お》こして、しばらく吠《うな》って、それから泡《あわ》を吐《は》いて死《し》んでしまいました。

「じつにぼくは、二千四百円《にせんよんひゃくえん》の損害《そんがい》だ」と一人《ひとり》の紳士《しんし》が、その犬《いぬ》の眼《ま》ぶたを、ちょっとかえしてみて言《い》いました。

「ぼくは二千八百円《にせんはっぴゃくえん》の損害《そんがい》だ。」と、もひとりが、くやしそうに、あたまをまげて言《い》いました。

45

はじめの紳士《しんし》は、すこし顔《かお》いろを悪《わる》くして、じっと、もひとりの紳士《しんし》の、顔《かお》つきを見《み》ながら云《い》いました。

「ぼくはもう戻《もど》ろうとおもう。」

「さあ、ぼくもちょうど寒《さむ》くはなったし腹《はら》は空《す》いてきたし戻《もど》ろうとおもう。」

「そいじゃ、これで切《き》りあげよう。なあに戻《もど》りに、昨日《きのう》の宿屋《やどや》で、山鳥《やまどり》を拾円《じゅうえん》も買《か》って帰《かえ》ればいい。」

「兎《うさぎ》もでていたねえ。そうすれば結局《けっきょく》おんなじこった。では帰《かえ》ろうじゃないか」

ところがどうも困《こま》ったことは、どっちへ行《い》けば戻《もど》れるのか、いっこうに見当《けんとう》がつかなくなっていました。

風《かぜ》がどうと吹《ふ》いてきて、草《くさ》はざわざわ、木《き》の葉《は》はかさかさ、木《き》はごとんごとんと鳴《な》りました。

「どうも腹《はら》が空《す》いた。さっきから横《よこ》っ腹《ぱら》が痛《いた》くてたまらないんだ。」

「ぼくもそうだ。もうあんまりあるきたくないな。」

「あるきたくないよ。ああ困《こま》ったなあ、何《なに》かたべたいなあ。」

「喰《た》べたいもんだなあ」

二人《ふたり》の紳士《しんし》は、ざわざわ鳴《な》るすすきの中《なか》で、こんなことを云《い》いました。

その時《とき》ふとうしろを見《み》ますと、立派《りっぱ》な一軒《いっけん》の西洋造《せいようづ》りの家《うち》がありました。

そして玄関《げんかん》には

RESTAURANT
西洋料理店《せいようりょうりてん》
WILDCAT HOUSE
山猫軒《やまねこけん》

という札《ふだ》がでていました。

「君《きみ》、ちょうどいい。ここはこれでなかなか開《ひら》けてるんだ。入《はい》ろうじゃな

47

いか」

「おや、こんなとこにおかしいね。しかしとにかく何《なに》か食事《しょくじ》ができるんだろう」

「もちろんできるさ。看板《かんばん》にそう書《か》いてあるじゃないか」

「はいろうじゃないか。ぼくはもう何《なに》か喰《た》べたくて倒《たお》れそうなんだ。」

二人《ふたり》は玄関《げんかん》に立《た》ちました。玄関《げんかん》は白《しろ》い瀬戸《せと》の煉瓦《れんが》で組《く》んで、実《じつ》に立派《りっぱ》なもんです。

そして硝子《ガラス》の開《ひら》き戸《と》がたって、そこに金文字《きんもじ》でこう書《か》いてありました。

「どなたもどうかお入《はい》りください。決《けっ》してご遠慮《えんりょ》はありません」


二人《ふたり》はそこで、ひどくよろこんで言《い》いました。

「こいつはどうだ、やっぱり世《よ》の中《なか》はうまくできてるねえ、きょう一日《いちにち》なんぎしたけれど、こんどはこんないいこともある。このうちは料理店《りょうりてん》だけれどもただでご馳走《ちそう》するんだぜ。」

「どうもそうらしい。決《けっ》してご遠慮《えんりょ》はありませんというのはその意味《いみ》だ。」

二人《ふたり》は戸《と》を押《お》して、なかへ入《はい》りました。そこはすぐ廊下《ろうか》になっていました。その硝子戸《ガラスど》の裏側《うらがわ》には、金文字《きんもじ》でこうなっていました。

「ことに肥《ふと》ったお方《かた》や若《わか》いお方《かた》は、大歓迎《だいかんげい》いたします」

二人《ふたり》は大歓迎《だいかんげい》というので、もう大《おお》よろこびです。

48

「君《きみ》、ぼくらは大歓迎《だいかんげい》にあたっているのだ。」

「ぼくらは両方兼《りょうほうか》ねてるから」

ずんずん廊下《ろうか》を進《すす》んで行《い》きますと、こんどは水《みず》いろのペンキ塗《ぬ》りの扉《と》がありました。

「どうも変《へん》な家《うち》だ。どうしてこんなにたくさ

ん戸《と》があるのだろう。」

「これはロシア式《しき》だ。寒《さむ》いとこや山《やま》の中《なか》はみんなこうさ。」

そして二人《ふたり》はその扉《と》をあけようとしますと、上《うえ》に黄《き》いろな字《じ》でこう書《か》いてありました。

「当軒《とうけん》は注文《ちゅうもん》の多《おお》い料理店《りょうりてん》ですからどうかそこはご承知《しょうち》ください」

当軒は注文の多い料理店
ですからどうかそこはご
承知ください

「なかなかはやってるんだ。こんな山《やま》の中《なか》で。」

「それあそうだ。見《み》たまえ、東京《とうきょう》の大《おお》きな料理屋《りょうりや》だって大通《おおどう》りにはすくないだろう」

二人《ふたり》は云《い》いながら、その扉《と》をあけました。

するとその裏側《うらがわ》に、

「注文《ちゅうもん》はずいぶん多《おお》いでしょうがどうか一々《いちいち》こらえて下《くだ》さい。」

「これはぜんたいどういうんだ。」ひとりの紳士《しんし》は顔《かお》をしかめました。

「うん、これはきっと注文《ちゅうもん》があまり多《おお》くて支度《したく》が手間《てま》取るけれどもごめん下《くだ》さいと斯《こ》ういうことだ。」

「そうだろう。早《はや》くどこか室《へや》の中《なか》にはいりたいもんだな。」

「そしてテーブルに座《すわ》りたいもんだな。」

ところがどうもうるさいことは、また扉《と》が一《ひと》つありました。そしてそのわきに鏡《かがみ》がかかって、その下《した》には長《なが》い柄《え》のついたブラシが置《お》いてあったのです。

扉《と》には赤《あか》い字《じ》で、

「お客《きゃく》さまがた、ここで髪《かみ》をきちんとして、それからはきものの泥《どろ》を落《おと》してください。」

お客さまがた、ここで髪をきち
んとしてそれからはきものの
泥を落してください

と書《か》いてありました。

「これはどうも尤《もっと》もだ。僕《ぼく》もさっき玄関《げんかん》で、山《やま》のなかだとおもって見《み》くびったんだよ」

「作法《さほう》の厳《きび》しい家《うち》だ。きっとよほど偉《えら》い人《ひと》たちが、たびたび来《く》るんだ。」

そこで二人《ふたり》は、きれいに髪《かみ》をけずって、靴《くつ》の泥《どろ》を落《おと》しました。

そしたら、どうです。ブラシを板《いた》の上《うえ》に置《お》くや否《いな》や、そいつがぼうっとかすんで無《な》くなって、風《かぜ》がどうっと室《へや》の中《なか》に入《はい》ってきました。

二人《ふたり》はびっくりして、互《たがい》によりそって、扉《と》をがたんと開《あ》けて、次《つぎ》の室《へや》へ入《はい》って行《い》きました。早《はや》く何《なに》か暖《あたたか》いものでもたべて、元気《げんき》をつけて置《お》かないと、もう途方《とほう》もないことになってしまうと、二人《ふたり》とも思《おも》ったのでした。

扉《と》の内側《うちがわ》に、また変《へん》なことが書《か》いてありました。

「鉄砲《てっぽう》と弾丸《たま》をここへ置《お》いてください。」

見《み》るとすぐ横《よこ》に黒《くろ》い台《だい》がありました。

「なるほど、鉄砲《てっぽう》を持《も》ってものを食《く》うという法《ほう》はない。」

「いや、よほど偉《えら》いひとが始終来《しじゅうき》ているんだ。」

二人《ふたり》は鉄砲《てっぽう》をはずし、帯皮《おびかわ》を解《と》いて、それを台《だい》の上《うえ》に置《お》きました。

また黒《くろ》い扉《と》がありました。

「どうか帽子《ぼうし》と外套《がいとう》と靴《くつ》をおとり下《くだ》さい。」

「どうだ、とるか。」

「仕方《しかた》ない、とろう。たしかによっぽどえらいひとなんだ。奥《おく》に来《き》ているのは」

二人《ふたり》は帽子《ぼうし》とオーバーコートを釘《くぎ》にかけ、靴《くつ》をぬいでぺたぺたあるいて扉《と》の中《なか》にはいりました。

扉《と》の裏側《うらがわ》には、

「ネクタイピン、カフスボタン、眼鏡《めがね》、財布《さいふ》、その他金物類《かなものるい》、ことに尖《とが》ったものは、みんなここに置《お》いてください」

と書《か》いてありました。扉《と》のすぐ横《よこ》には黒塗《くろぬ》りの立派《りっぱ》な金庫《きんこ》も、ちゃんと口《くち》を開《あ》けて置《お》いてありました。鍵《かぎ》まで添《そ》えてあったのです。

「ははあ、何《なに》かの料理《りょうり》に電気《でんき》をつかうと見《み》えるね。金気《かなけ》のものはあぶない。ことに尖《とが》ったものはあぶないと斯《こ》う云《い》うんだろう。」

「そうだろう。して見《み》ると勘定《かんじょう》は帰《かえ》りにここで払《はら》うのだろうか。」

「どうもそうらしい。」

「そうだ。きっと。」

二人《ふたり》はめがねをはずしたり、カフスボタンをとったり、みんな金庫《きんこ》のなかに入《い》れて、ぱちんと錠《じょう》をかけました。

すこし行《い》きますとまた扉《と》があって、その前《まえ》に硝子《ガラス》の壺《つぼ》が一《ひと》つありました。扉《と》には斯《こ》う書《か》いてありました。

「壺《つぼ》のなかのクリームを顔《かお》や手足《てあし》にすっかり塗《ぬ》ってください。」

みるとたしかに壺《つぼ》のなかのものは牛乳《ぎゅうにゅう》のクリームでした。

「クリームをぬれというのはどういうんだ。」

「これはね、外《そと》がひじょうに寒《さむ》いだろう。室《へや》のなかがあんまり暖《あたたか》いとひびがきれるから、その予防《よぼう》なんだ。どうも奥《おく》には、よほどえらいひとがきている。こんなとこで、案外《あんがい》ぼくらは、貴族《きぞく》とちかづきになるかも知《し》れないよ。」

二人《ふたり》は壺《つぼ》のクリームを、顔《かお》に塗《ぬ》って手《て》に塗《ぬ》ってそれから靴下《くつした》をぬいで足《あし》に塗《ぬ》りました。それでもまだ残《のこ》っていましたから、それは二人《ふたり》ともめいめいこっそり顔《かお》へ塗《ぬ》るふりをしながら喰《た》べました。

52

それから大急《おおいそ》ぎで扉《と》をあけますと、その裏側《うらがわ》には、

「クリームをよく塗《ぬ》りましたか、耳《みみ》にもよく塗《ぬ》りましたか、」

と書《か》いてあって、ちいさなクリームの壺《つぼ》がここにも置《お》いてありました。

「そうそう、ぼくは耳《みみ》には塗《ぬ》らなかった。あぶなく耳《みみ》にひびを切《き》らすところだった。ここの主人《しゅじん》はじつに用意周到《よういしゅうとう》だね。」

「ああ、細《こま》かいとこまでよく気《き》がつくよ。ところでぼくは早《はや》く何《なに》か喰《た》べたいんだが、どうも斯《こ》うどこまでも廊下《ろうか》じゃ仕方《しかた》ないね。」

するとすぐその前《まえ》に次《つぎ》の戸《と》がありました。

「料理《りょうり》はもうすぐできます。

十五分《じゅうごふん》とお待《ま》たせはいたしません。

すぐたべられます。

早《はや》くあなたの頭《あたま》に瓶《びん》の中《なか》の香水《こうすい》をよく振《ふ》りかけてください。」

そして戸《と》の前《まえ》には金《きん》ピカの香水《こうすい》の瓶《びん》が置《お》いてありました。

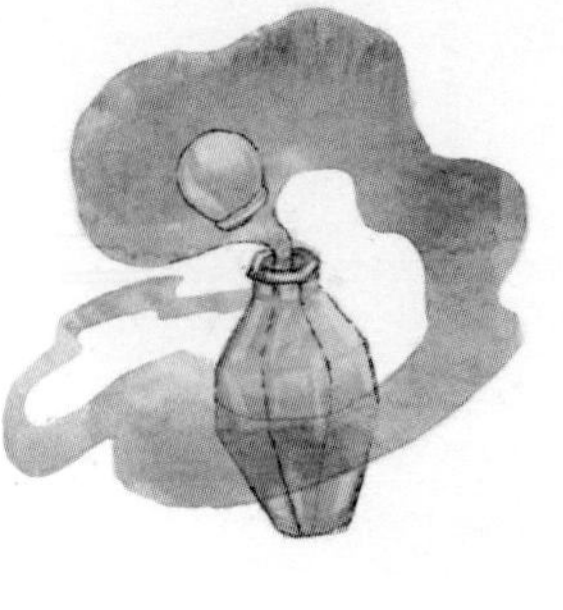

二人《ふたり》はその香水《こうすい》を、頭《あたま》へぱちゃぱちゃ振《ふ》りかけました。

ところがその香水《こうすい》は、どうも酢《す》のような匂《におい》がするのでした。

「この香水《こうすい》はへんに酢《す》くさい。どうしたんだろう。」

「まちがえたんだ。下女《げじょ》が風邪《かぜ》でも引《ひ》いてまちがえて入《い》れたんだ。」

二人《ふたり》は扉《と》をあけて中《なか》にはいりました。

扉《と》の裏側《うらがわ》には、大《おお》きな字《じ》で斯《こ》う書《か》いてありました。

「いろいろ注文《ちゅうもん》が多《おお》くてうるさかったでしょう。お気《き》の毒《どく》でした。もうこれだけです。どうかからだ中《じゅう》に、壺《つぼ》の中《なか》の塩《しお》をたくさんよくもみ込《こ》んでください。」

なるほど立派《りっぱ》な青《あお》い瀬戸《せと》の塩壺《しおつぼ》は置《お》いてありましたが、こんどというこんどは二人《ふたり》ともぎょっとしてお互《たがい》にクリームをたくさん塗《ぬ》った顔《かお》を見合《みあわ》せました。

「どうもおかしいぜ。」

「ぼくもおかしいとおもう。」

「沢山《たくさん》の注文《ちゅうもん》というのは、向《むこ》うがこっちへ注文《ちゅうもん》してるんだよ。」

「だからさ、西洋料理店《せいようりょうりてん》というのは、ぼくの考《かんが》えるところでは、西洋料理《せいようりょうり》を、来《き》た人《ひと》にたべさせるのではなくて、来《き》た人《ひと》を西洋料理《せいようりょうり》にして、食《た》べてやる家《うち》とこういうことなんだ。これは、その、つ、つ、つ、つまり、ぼ、ぼ、ぼくらが……。」がたがたがたがた、ふるえだしてもうものが言《い》えませんでした。

「その、ぼ、ぼくらが、……うわあ。」がたがたがたがたふるえだして、もうものが言《い》えませんでした。

「遁《に》げ……。」がたがたしながら一人《ひとり》の紳士《しんし》はうしろの戸《と》を押《お》そうとしまし

54

たが、どうです、戸《と》はもう一分《いちぶ》も動《うご》きませんでした。

奥《おく》の方《ほう》にはまだ一枚扉《いちまいと》があって、大《おお》きなかぎ穴《あな》が二《ふた》つつき、銀《ぎん》いろのホークとナイフの形《かたち》が切《き》りだしてあって、

「いや、わざわざご苦労《くろう》です。大《たい》へん結構《けっこう》にできました。さあさあおなかにおはいりください。」

と書《か》いてありました。おまけにかぎ穴《あな》からはきょろきょろ二《ふた》つの青《あお》い眼玉《めだま》がこっちをのぞいています。

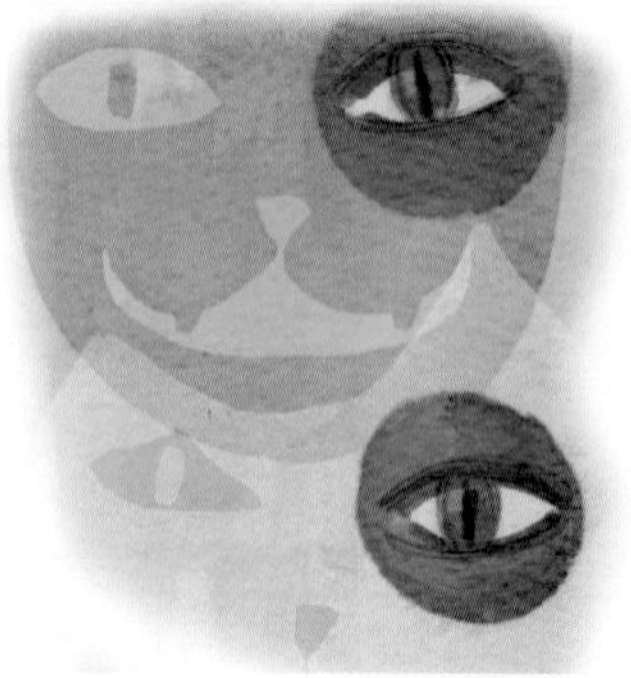

「うわあ。」がたがたがたがた。

「うわあ。」がたがたがたがた。

ふたりは泣《な》き出《だ》しました。

すると戸《と》の中《なか》では、こそこそこんなことを云《い》っています。

「だめだよ。もう気《き》がついたよ。塩《しお》をもみこまないようだよ。」

「あたりまえさ。親分《おやぶん》の書《か》きようがまずいんだ。あすこへ、いろいろ注文《ちゅうもん》が多《おお》くてうるさかったでしょう、お気《き》の毒《どく》でしたなんて、間抜《まぬ》けたことを書《か》いたもんだ。」

「どっちでもいいよ。どうせぼくらには、骨《ほね》も分《わ》けて呉《く》れやしないんだ。」

「それはそうだ。けれどももしここへあいつらがはいって来《こ》なかったら、それはぼくらの責任《せきにん》だぜ。」

「呼《よ》ぼうか、呼《よ》ぼう。おい、お客《きゃく》さん方《がた》、早《はや》くいらっしゃい。いらっしゃい。いらっしゃい。お皿《さら》も洗《あら》ってありますし、菜《な》っ葉《ぱ》ももうよく塩《しお》でもんで置《お》きました。あとはあなたがたと、菜《な》っ葉《ぱ》をうまくとりあわせて、まっ白《しろ》なお皿《さら》にのせるだけです。はやくいらっしゃい。」

「へい、いらっしゃい、いらっしゃい。それともサラドはお嫌《きら》いですか。そんならこれから火《ひ》を起《おこ》してフライにしてあげましょうか。とにかくはやくいらっしゃい。」

二人《ふたり》はあんまり心《こころ》を痛《いた》めたために、顔《かお》がまるでくしゃくしゃの紙屑《かみくず》のようになり、お互《たがい》にその顔《かお》を見合《みあわ》せ、ぶるぶるふるえ、声《こえ》もなく泣《な》きました。

中《なか》ではふっふっとわらってまた叫《さけ》んでいます。

「いらっしゃい、いらっしゃい。そんなに泣《な》いては折角《せっかく》のクリームが流《なが》れるじゃありませんか。へい、ただいま。じきもってまいります。さあ、早《はや》くいらっしゃい。」

「早《はや》くいらっしゃい。親方《おやかた》がもうナフキンをかけて、ナイフをもって、舌《した》なめずりして、お客《きゃく》さま方《がた》を待《ま》っていられます。」

二人《ふたり》は泣《な》いて泣《な》いて泣《な》いて泣《な》いて泣《な》きました。

そのときうしろからいきなり、

「わん、わん、ぐわあ。」という声《こえ》がして、あの白熊《しろくま》のような犬《いぬ》が二疋《にひき》、扉《と》をつきやぶって室《へや》の中《なか》に飛《と》び込《こ》んできました。鍵穴《かぎあな》の眼玉《めだま》は

たちまちなくなり、犬《いぬ》どもはううとうなってしばらく室《へや》の中《なか》をくるくる廻《まわ》っていましたが、また一声《ひとこえ》

「わん。」と高《たか》く吠《ほ》えて、いきなり次《つぎ》の扉《と》に飛《と》びつきました。戸《と》はがたりとひらき、犬《いぬ》どもは吸《す》い込《こ》まれるように飛《と》んで行《い》きました。

その扉《と》の向《むこ》うのまっくらやみのなかで、

「にゃあお、くゎあ、ごろごろ。」という声《こえ》がして、それからがさがさ鳴《な》りました。

室《へや》はけむりのように消《き》え、二人《ふたり》は寒《さむ》さにぶるぶるふるえて、草《くさ》の中《なか》に立《た》っていました。

見《み》ると、上着《うわぎ》や靴《くつ》や財布《さいふ》やネクタイピンは、あっちの枝《えだ》にぶらさがったり、こっちの根《ね》もとにちらばったりしています。風《かぜ》がどうと吹《ふ》いてきて、草《くさ》はざわざわ、木《き》の葉《は》はかさかさ、木《き》はごと

んごとんと鳴《な》りました。

犬《いぬ》がふうとうなって戻《もど》ってきました。

そしてうしろからは、

「旦那《だんな》あ、旦那《だんな》あ、」と叫《さけ》ぶものがあります。

二人《ふたり》は俄《にわ》かに元気《げんき》がついて

「おおい、おおい、ここだぞ、早《はや》く来《こ》い。」と叫《さけ》びました。

簑帽子《みのぼうし》をかぶった専門《せんもん》の猟師《りょうし》が、草《くさ》をざわざわ分《わ》けてやってきました。

そこで二人《ふたり》はやっと安心《あんしん》しました。

そして猟師《りょうし》のもってきた団子《だんご》をたべ、途中《とちゅう》で十円《じゅうえん》だけ山鳥《やまどり》を買《か》って東京《とうきょう》に帰《かえ》りました。

しかし、さっき一《いっ》ぺん紙《かみ》くずのようになった二人《ふたり》の顔《かお》だけは、東京《とうきょう》に帰《かえ》っても、お湯《ゆ》にはいっても、もうもとのとおりになおりませんでした。

中文翻譯

要求特別多的餐廳

宮澤賢治

兩位年輕紳士穿著一身英國軍人打扮，扛著閃亮亮的槍，帶著兩隻白熊似的狗，在那深邃的山裡、林葉沙沙作響的地方，一邊走著一邊這樣說著：

「整個來說，這一帶的山真夠叫人失望火大的！連隻鳥獸都沒有。不管什麼都好，真希望快一點噠噠噠地，開他個幾槍呀！」

「要是能在山鹿那黃色的側腹上，賞牠個兩三槍，想必會十分痛快吧！牠應該會咕嚕嚕地轉上個幾圈，然後狠狠地摔到地上去的吧！」

那是個相當幽邈的山林。這座深山，就連給他們帶路的職業槍手，都會一個不留神，不知道就晃到哪裡去了。而且這座山實在是太不尋常了，連那兩隻像白熊般的巨犬，竟然也一起昏眩了起來，哀號了一陣子之後，就口吐白沫嗚呼哀哉了。

「說真的，我損失了兩千四百塊錢❶。」其中的一位紳士，翻了翻那狗兒的眼皮看了看，這樣說。

「我可損失了兩千八百塊哪。」另一位很不甘心似地歪著頭說。

起先說話的那位紳士臉色微微一沉，一邊凝視著另一位紳士的臉上表情，一邊說：「我已經想回去了。」

「好啊！我也覺得又冷又餓，正想要往回走呢。」

「那麼就到此結束吧。只要回程時在昨天那間旅館，買他個十塊錢❷左右的山雉帶回去，也就得了。」

「也有在賣兔子呢！這樣一來，跟獵到的結果是沒什麼差別的。那咱們就打道回府吧。」

然而傷腦筋的是，他們早已搞不清楚，該往哪一邊走才回得去了。

這時風猛烈地吹了過來，草聲雜沓、林葉沙沙婆娑，樹木呼嘯地震天價響了起來。

「我大概是肚子餓了，打從剛才肚子側邊兒就痛得受不了。」

「我也是啊！已經不想再走了。」

「誰想再走呀？唉，真傷腦筋，好想吃點兒東西喔！」

「真的好想吃耶！」

兩位紳士站在簌簌作響的芒草叢中，交換了以上的對白。

就在那一刻，不經意地往後一看，看到了一間宏偉的西式建築，並且玄關處還掛有一個牌子，上面寫著：

RESTAURANT
西餐廳
WILDCAT HOUSE
山貓軒

「你瞧！真剛好。這兒看來雖然荒涼卻還相當先進呢。那就進去吧！」

「咦，在這種地方出現很詭異啊！但是不管怎麼說，總可以吃到點兒東西吧！」

「當然是可以吧。招牌上不是這樣寫得很清楚嗎？」

「那就進去吧。我已經想吃東西想得快昏倒了呢！」

兩人站在玄關前。玄關是用白陶瓷磚砌成的，實在是相當富麗雅緻，而且還有扇玻璃推門，門上用金字這樣寫著：

「無論是誰都懇請您進來。千萬不用客氣。」

兩人看了，笑逐顏開地說：「你看如何呢？這人世間還真是一切都安排得好好的呦！雖說今天整天過得很辛苦，這下卻又有這麼好的事發生。這家雖然是間餐館卻願意免費招待我們吃飯哪！」

「看來好像是這樣喔。所謂的千萬不用客氣，指的應該就是這個意思啦。」

兩人推開房門走了進去，眼前立刻出現一道走廊。在那扇玻璃門的背面，用金字這樣寫著：

「特別歡迎豐滿的人跟年輕人。」

兩人看到特別歡迎的字眼，不禁歡愉了起來。

「你看，我們是屬於非常受歡迎的唷！」

「那是因為我們都兩者兼備呀！」

兩人健步如飛地循著長廊往前走，這回出現一扇用淺藍色油漆塗刷的門扉。

「還真是個奇怪的房子啊，為什麼會有這麼多門呢？」

「這是俄羅斯式的呀！寒冷地帶或山林裡頭都是這樣的啦。」

當兩人想要打開那扇門時，上面用黃字這樣寫著：

「本館是『注文』❸很多的餐廳，關於這點還請多多見諒。」

「儘管開在這樣的山裡頭，看來還相當熱門呢！」

「那是當然。你看嘛！東京的大餐廳不都也是很少開在大馬路旁邊的嗎？」

兩個人邊說，邊把那扇門打開。在那門背後寫的是：

「雖說『注文』應該會很多，但還得要請您凡事多隱忍、多包容。」

「這說的究竟是什麼意思呢？」其中一個紳士皺起了眉頭。

「嗯，這一定是在說，由於點菜的人太多，準備勢必得花工費時，若有怠慢之處請多多見諒的意思啦。」

「大概是這樣吧。真想趕快進到屋內去……」

「我還很想坐在餐桌旁邊呢！」

然而叫人不耐煩的是，又有了一道門，而且門邊掛著鏡子，鏡子下還擺有一根帶著長柄的刷子。

門上用紅色字體寫道：

「貴客們，請在這裡好好整理您

的頭髮，並請您去除掉鞋子上的泥巴。」

「這倒是合情合理。剛才在玄關，我暗想這兒不過是荒山野地，還把它小看了一番呢。」

「真是講究禮數的店家呀，一定是有許多相當了不起的人物常來造訪。」

於是兩人把頭髮梳理乾淨，去除了鞋子上的泥巴。

結果，你猜怎麼著？當刷子正要放回橫板上的時候，那玩意兒就模糊了起來，甚至消失了蹤影，霎時間強風挾著威勢吹進了房中。

兩人大吃一驚，相互挨得緊緊地，碰地一聲奮力打開房門，往下一個房間衝。心裡都不約而同地想著，再不趕緊吃點溫暖的東西，儲備些體力的話，一定會演變到不可收拾的地步的。

門裡頭又寫著奇怪的字句：

「請把槍械跟彈藥放在這裡。」

一看，緊挨著門邊擺著一個黑色的檯子。

「的確，是沒有端著槍枝吃飯的道理。」

「對啊，想必是有很多大人物不時光臨吧？！」

兩人卸下槍枝，解開皮帶，把它們擺到檯子上。

又有一道黑色的門。

「懇請脫下帽子、外套和鞋子。」

「怎麼辦？要脫嗎？」

「沒辦法，就脫吧！此刻蒞臨的肯定是十分了得的貴客。」

兩人把帽子跟大衣掛在釘子上，

脫下鞋子趴搭趴搭地走進門裡。

門後面寫著：

「領帶夾、袖扣、眼鏡、錢包，還有其他的金屬類物品，尤其是尖銳的東西，都請統統擱在這兒。」

就在門旁，有一個漆成黑色的貴氣保險箱，早已開著口兒擺在那裡了。還連鑰匙都準備得很齊全呢。

「啊！是啊！看來是有些菜色得用到電力吧。帶著金屬成分的東西會很危險，特別是尖銳的東西，他們想要說的就是這個意思吧？」

「大概是吧。這樣看來，買單應該是要回家時在這裡付帳吧？」

「看來是這樣。」

「是啦，肯定是。」

兩人又是摘下眼鏡，又是取下袖扣的，一股腦兒全都放進金庫裡，還啪地一聲上了鎖。

稍往前行又有一扇門，門前有個玻璃壺。門上這樣寫著：

「請把壺裡的奶油紮紮實實地塗在臉上和手腳上。」

一看，壺裡的東西確實是用牛奶做的奶油。

「叫我們塗奶油究竟是什麼意思啊？」

「這個呀，外頭不是非常地冷嗎？要是室內太過熱呼呼，皮膚是會皸裂的，應該是為了防範未然吧？看來這裡面，已經來了非常尊貴的人物了。在這樣的地方，搞不好來個意外，我們可以認識王公貴族也說不定喔！」

兩人把壺裡的奶油，塗往臉上、抹在手上，然後還把鞋子脫下來往腳上抹。即使這麼拼命地塗也還是有剩餘，兩人還各自假裝要塗在臉上，一邊悄悄地吃進肚子裡呢。

接下來，他們急急忙忙地把門打開後，只見那門後寫著：

「有好好地塗完奶油了嗎？耳朵也確實地塗了嗎？」

就在這兒，還擺著一瓶小巧的奶油壺哩！

「是啊，我還沒有塗耳朵呢。好險！差點兒就要害耳朵皸裂了。這兒的主人還真是設想周到呀。」

「是啊，真是無微不至哪！說真的，我好想快點吃些東西，要是走廊都像這樣沒完沒了的話，還真是拿它沒輒呀！」

話才剛說完，前面馬上出現了另一道門。

「料理馬上就好。不用讓您等上十五分鐘，馬上可以吃了。快點仔細地把瓶中的香水灑在您的頭上。」

門前還擺著一個金光閃閃的香水瓶。

兩人把香水一個勁兒地拼命往頭上灑。可是那香水，總覺得帶著那麼點兒醋的味道。

「這香水有股怪怪的醋味。到底是怎麼回事呀？」

「是搞錯了啦。該是女傭得了感冒什麼的，傻傻搞不清楚地放錯了啦。」

兩人推門而入。

在門的背後，有斗大的字這樣寫著。

「各種各樣的要求這麼多，肯定讓您覺得很煩吧？好可憐喔！就只剩下這一項了。接下來得請您把壺裡的鹽，好好地往您全身上下多搓揉一些。」

果然確實有一個精緻的藍瓷鹽壺擺在那兒，但是此次與先前不同，兩個人終於都被嚇得兩眼圓睜，互相望著彼此塗滿奶油的臉。

「情況很不對勁喔！」

「我也覺得很詭異！」

「所謂的很多要求，是對方在向咱們提出要求的喲？」

「所以說啊，這個所謂的西餐廳，就我的考量，不是把西餐端給來這兒的人吃，而是把來這兒的人做成西餐、吞下肚裏的店！這麼說來，那……總總總……總之，我……我我們會……」嘎噠嘎噠嘎噠嘎噠地，他猛打哆嗦，再也說不出話了。

「那……我我們會……哇！」另一個一樣是嘎噠嘎噠嘎噠嘎噠地猛打哆嗦，也已經到了說不出話來的地步了。

「快逃……」邊打著哆嗦，其中的一個紳士想推開後面的門，結果呢，門已經連動都難以動它分毫了。

在房裡深處還有一扇門，上頭有著兩個大大的鑰匙洞，還挖著銀色餐刀跟叉子的圖騰，上面寫著：

「唉呀，如此曲意配合真是辛苦您了。做得非常地好。來來，請進到裡頭來！」

除此之外，還有兩個藍色的眼珠

子，從鑰匙洞中滴不溜丟地窺伺著這一邊。

「哇啊！」嘎嗟嘎嗟嘎嗟嘎嗟。

「哇啊！」嘎嗟嘎嗟嘎嗟嘎嗟嘎嗟。

兩人哭了起來。

這時門裡頭悄悄地這樣說著：

「不妙！被發現了。看樣子他們已經不願意抹鹽了喲？」

「那是當然的。都怪頭目寫得太爛了啦！竟在那兒寫什麼，『各式各樣的要求那麼多肯定很煩吧？好可憐喔！』之類沒頭沒頭的蠢話哪。」

「怎樣都沒差啦。反正連骨頭也都不會分到我們身上的。」

「說得也是。但是這節骨眼兒，那倆傢伙要是不進來的話，我們可是得負責任的喔！」

「吆喝一下吧？喂！貴客們，快請進來！快進來，來吧！盤子也洗好了，菜葉也用鹽搓揉過了。接下來就只要將兩位跟菜葉巧妙地搭配起來，擺上白色的餐盤就行啦。快點兒請進吧！」

「嗨！請進，請進來！難道您不喜歡涼拌沙拉嗎？要是這樣的話，現在馬上為您起個火，改成油炸的吧？總之，就是快請進來嘛！」

這兩人的心實在是被傷得太深重了，整張臉變得簡直就像皺巴巴的廢紙團似地，大眼瞪著小眼，冷不防地直打哆嗦，都泣不成聲了。

裡頭揚起呵呵的笑聲，又開始喊叫了：「請進！請進！哭成那樣，煞費苦心塗的奶油可是會流失掉的呦。是，馬上就來。立刻給您上菜！❹來嘛！快快進來呀！」

「快快請進！我們頭目已經繫上餐巾、握著餐刀，舌頭正在唇上舔來舔去，等候著兩位貴客大駕光臨哪！」

兩人哭啊、哭啊、哭啊、哭啊地，哭得無比悽慘。

一剎那突然從背後揚起「汪、汪、咕汪！」的聲音，只見兩隻像是白熊的狗兒衝破房門躍身飛入。鑰匙洞裡的眼珠子瞬息消失無踪，狗兒們嗚嗚地發著低鳴，在室內不停地轉圈圈轉了一陣子，又高聲吠了一聲「汪！」，就突然往下一扇門撲了過去。房門「碰！」地大開，狗兒們就像被吸入一般地飛了進去。

在門那端的一片漆黑昏暗中，響起了「喵嗚、咕啊、轟隆隆」的聲音，緊接著就是一陣沙沙作響。

房間一陣煙似地消失了，兩人冷得直打哆嗦，佇立在漫草之中。

放眼一看，上衣啦、鞋子啦、錢包啦、領帶夾等等，有的垂掛在那一頭的枝幹上，有的則散落在這邊的樹根旁。霎時風猛烈地吹了過來，草聲雜沓，林葉沙沙婆娑，樹木呼嘯地震天價響了起來。

狗兒伴隨著呼嘯聲跑了回來。

接著從後面傳來：「先生！先生！」的叫聲。

兩人頓時回復了元氣，「喂！喂！在這邊，快來！」地呼喊了起來。

只見帶著簑帽的職業獵人，唏唏唰唰地撥開草叢走了過來。

兩人總算安心了下來。

接著，兩人吃下獵人帶來的糯米糰，在途中花了十塊錢左右，買了些山雉回到東京。

但是，唯獨剛才一口氣變得像廢紙團一樣的那兩張臉，即使回到了東京，即便泡了澡，就是再也無法回復到原來的樣子了。

註

❶ 大正十年，當時日本內閣總理一個月的薪水，跟一克拉的鑽石賣價都是一千日幣，可想而知這兩隻狗有多昂貴了。

❷ 當年的十元日幣，可以買五百個紅豆麵包、二十六公斤的米及宮澤賢治的《要求特別多的餐廳》童話書六本。

❸ 含有定貨、點菜、要求……等多重意思。

❹ 此處可以解釋成對催促中的頭目回應，也可以解釋成繼續欺瞞安撫二人。

導讀

超現實、跨時空的男性文學

《烏鴉的北斗七星》

陳慶彰

二〇〇九年的新曆年，為了文學散步取材之故，碰巧在日本度過。正逢NHK換了新的大河連續劇（劇名是《天地人》），就看了一下。比預料中要有趣得多，其中有一幕戲的對白讓我印象深刻。將軍世家的貴族母親，為了替自己年紀尚幼的子息從小培養一個親信，看中屬下一位武士年僅五歲卻勇敢聰慧的兒子，希望能將小男孩送到寺廟陪伴小主人，共同修文習武一起成長。小男孩的母親當然不忍割捨，這時，將軍世家的母親動之以情地說：「我當然能體會妳的心情，但對於這兩個孩子的相遇，我感覺得到命運的牽連。請看那夜空中的繁星吧！就像北斗七星，永遠守護著北極星一般，你家兒子就是我心目中的北斗七星……」

沒錯，對許多日本人來說，北斗七星是有其特殊意義的，是指極之星，也是守護之神。對篤信「法華經」的宮澤賢治來說，更是人生的指標，一種真實不變的體序與天理，也就是佛家所謂的「法性」。

所以，宮澤讓烏鴉上尉在出征前，仰望那七顆美麗的星辰，祈禱著說：

「啊，明日一戰，究竟是讓我贏好呢？還是讓野烏鴉贏較好呢？這不是我所能判斷的，一切都只會如您所想。……一切的一切都還是只會如您所想地發生……」

而在凱旋歸來後，上尉也同樣再次抬頭仰望七星所在的藍天。心想：「……虔誠希望這個世界，能早日變得不必再去殺戮那些自己根本無法憎恨的敵人。若是為了打造那樣的世界，我這種人的身體就算要被撕裂多少回都沒有關係。」在在都顯現出作者把對戰爭的不安、無奈與糾葛，全託付給象徵「指標、天理、守護神」的北斗七星。

說到戰爭，〈烏鴉的北斗七星〉是宮澤賢治眾多作品中，極少數直接從正面描寫戰爭的題材。這篇童話收編於他生前唯一出版的童話集《要求特別多的餐廳》一書中，是一九二一年（大正十年）他二十五歲時的作品。二十二歲時因體檢不合格，所以被迫免除兵役，如若不然，一九二一年當他寫這篇作品時，很有可能是會在希伯利亞派遣軍中參戰的。

所以，這篇童話應該蘊藏了許多他自己內心的周折，尤其是前述的祈禱文，在第二次世界大戰（一九三九年～一九四五年）前後，更成了許多日本赴戰青年的精神支柱；而後在日本投降，反戰聲浪高揚之際，又被批為有美化、痲痺戰爭之嫌，也引發過不少熱烈的筆戰。當然這些身後的褒貶，對於一九三三年就已經過世的作者來說是聽不到的，也無從辯解！

如今，我當然無心也缺乏足夠的常識，去評論此篇作品在戰爭層面上的意義。我比較感興趣的是，出生於日本東北岩手縣的花卷市，那斷然稱不上摩登地方的作者，竟然會在八十八年前，就寫出這樣現代感的作品。原因絕非只因花卷市常有許多烏鴉出沒，也不會只因作者寫此作品時，人可能在東京那麼單純吧？能肯定的是，當第一次看到〈烏鴉的北斗七星〉這篇童話時，我腦中浮現的是：科幻經典電影《星際大戰》、達利的畫作等等，沒有一樣是退流行的。當然，也不時穿插出現了一些日本傳統硬派男——高倉健，年輕時演的電影畫面……。

據說花卷市是有很多烏鴉的，嚴冬時會成群結隊地停歇在蓋滿厚雪的田地上，遠遠望去就像是鹽田中的黑芝麻，這應該是作者構思的來源之一。確實，我後來注意到日本烏鴉很多，而且很耐看。某天在上野公園的枯矮樹幹上停了幾隻，受宮澤影響，生平第一次近距離地觀察烏鴉。牠也還真大器，不驚不慌地任我瀏覽。大大的身軀，敏銳的眼神，真有幾分軍官的架勢，尤其令人驚豔的是，漆黑的羽毛不是全黑的，竟會在陽光下，若隱若現地閃爍著深藍到暗紫的色彩層次。我必須承認在那瞬間，我被造物者的神奇電到了！發現到烏鴉確實有一種神秘而英挺的美，難怪宮澤會選擇牠們大展英姿。但是！我想要強調的是，可能有很多人會在童話中讓烏鴉扮演飛機，至於把烏鴉寫成軍艦，這種跳躍式的想像力，可能就不是一般人所能及了！

況且這些軍艦不在海中行卻在雪中走、空中飛，還組織嚴密、科技發達地有驅逐艦、巡洋艦、砲艦之分，既能快速地在空中猛烈追逐、集體攻防，又會夜宿枝頭、談情說愛、忙著作夢……連天空、雪地這些大自然，都還要跟亞鉛、鋼鐵等金屬扯上關係。作者對礦石、天文等領域的素養，以及時空交錯的布局，還有明快的節奏，都共同交織出非常前衛科幻的意境。這種似曾相識的熟悉度，是否令你彷彿看到了宮澤賢治晚期大作〈銀河鐵道之夜〉的雛型？這項意外的發現，我想注意到的應該不只我一個吧？

作者對科幻的營造手法，其實有很多部分是跟超現實主義相通的。超現實主義開始於法國的藝術潮流，源於達達主義，在一九二〇年到一九三〇年間風行於歐洲文學及藝術界。超現實主義特別強調探索人類的直覺以及下意識，也常以生與死、過去跟未來、現實和幻覺等對比為主題，藉以突顯矛盾的張力。這樣的手法，等同開了解放之門的鑰匙，使藝術家們能更淋漓盡致地具現自己內在豐沛的奇思異想，甚至沒有止境地往「下意識」的區塊延伸。說到畫家方面，達利、馬格列特、米羅等大師，都是箇中翹楚。

宮澤賢治與超現實主義之間的關係，值得今後花更多時間去考據，但是，他在這方面天賦異稟絕對是不容置疑的。他所遺留的畫作，就釋放出許多關於這方面的訊息。宮澤賢治的水彩畫《月夜的電線桿》，被他畫成在黑夜裡，循著月光、帶著學生帽，闊步於原野的「人面電線桿」。還有一張《無題》，從地面長出多隻細長的手，撈向敞開裂縫的天空；杏眼圓睜被擠成苦瓜臉的月亮，幾顆星星在旁伴隨著。要是把這張畫倒轉過來的話，像不像〈烏鴉的北斗七星〉中，

「……終於，如同薄鋼的天空，霹靂一聲出現了裂痕，蹦成了兩半，從那裂縫當中，垂下很多隻十分詭異的長長手腕，企圖把烏鴉抓起來……」這個詭異的戰爭場面呢？

還有，例如「……月亮出來了。二十號的藍色下弦月被擠得扁扁地，從東邊的山頭哭著爬了上來。」「陽光就像是水蜜桃汁一樣……最後終於讓那一整片雪地，開滿了白色的百合花……太陽就懸掛在東邊的雪丘上，散發著亮到幾乎叫人覺得悲哀的光芒……」充滿矛盾、對比的組合，正是超現實主義藝術家慣用的手法。

「陽光……雪地，開滿了白色的百合花……」讀者或許會問，是真的開出百合花呢？或是燦爛的雪光像百合花呢？這種「雙重意象」的表現法，最能刺激人的想像神經，讓人聯想到達利「嘴唇沙發椅」的設計概念。宮崎駿的作品「崖上的波妞」，電影中那忽水忽魚變化萬千的勇猛海浪，不正也是「雙重意象」的典型嗎？這可是宮澤賢治已早慣用的技倆呢！

此外，這篇童話讓我倍感親切的地方，是烏鴉上尉的自我表達方式，像極了日本老電影中的男主角，也很像我身邊許多交往多年的日本男性友人。他們通常話少又口拙，但是在酷酷的外表下，總透著一絲溫馨的善意，只要用心傾聽就能體會得到。不流行，卻讓人想起舊時代的美好！

這種日本經典好男人的風格，與宮澤賢治的寫作風格是很一致的。

原文鑑賞

烏《からす》の北斗七星《ほくとしちせい》

57

宮沢賢治《みやざわけんじ》

つめたい意地《いじ》の悪《わる》い雲《くも》が、地《じ》べたにすれすれに垂《た》れましたので、野原《のはら》は雪《ゆき》のあかりだか、日《ひ》のあかりだか判《わか》らないようになりました。

烏《からす》の義勇艦隊《ぎゆうかんたい》は、その雲《くも》に圧《お》しつけられて、しかたなくちょっとの間《あいだ》、亜鉛《とたん》の板《いた》をひろげたような雪《ゆき》の田圃《たんぼ》のうえに横《よこ》にならんで仮泊《かはく》ということをやりました。

どの艦《ふね》もすこしも動《うご》きません。

まっ黒《くろ》くなめらかな烏《からす》の大尉《たいい》、若《わか》い艦隊長《かんたいちょう》もしゃんと立《た》ったままうごきません。

からすの大監督《だいかんとく》はなおさらうごきもゆらぎもいたしません。からすの大監督《だいかんとく》は、もうずいぶんの年老《としよ》りです。眼《め》が灰《はい》いろになってしまっていますし、啼《な》くとまるで悪《わる》い人形《にんぎょう》のようにギイギイ云《い》います。

それですから、烏《からす》の年齢《とし》を見分《みわ》ける法《ほう》を知《し》らない一人《ひとり》の子供《こども》が、いつか斯《こ》う云《い》ったのでした。

「おい、この町《まち》には咽喉《のど》のこわれた烏《からす》が二疋《にひき》いるんだよ。おい。」これはたしかに間違《まちが》いで、一疋《いっぴき》しか居《い》ませんでしたし、それも決《けっ》してのどが壊《こわ》れたのではなく、あんまり永《なが》い間《あいだ》、空《そら》で号令《ごうれい》したために、すっかり声《こえ》が錆《さ》びたのです。それですから烏《からす》の義勇艦隊《ぎゆうかんたい》は、その声《こえ》をあらゆる音《おと》の中《なか》で一等《いっとう》だと思《おも》っていました。

58

雪《ゆき》のうえに、仮泊《かはく》ということをやっている烏《からす》の艦隊《かんたい》は、石《いし》ころのようです。胡麻《ごま》つぶのようです。また望遠鏡《ぼうえんきょう》でよくみると、大《おお》きなのや小《ちい》さなのがあって馬鈴薯《ばれいしょ》のようです。

しかしだんだん夕方《ゆうがた》になりました。

雲《くも》がやっと少《すこ》し上《うえ》の方《ほう》にのぼりましたので、とにかく烏《からす》の飛《と》ぶくらいのすき間《ま》ができました。

そこで大監督《だいかんとく》が息《いき》を切《き》らして号令《ごうれい》を掛《か》けます。

「演習《えんしゅう》はじめいおいっ、出発《しゅっぱつ》」

艦隊長烏《かんたいちょうからす》の大尉《たいい》が、まっさきに

ぱっと雪《ゆき》を叩《たた》きつけて飛《と》びあがりました。烏《からす》の大尉《たいい》の部下《ぶか》が十八隻《じゅうはっせき》、順々《じゅんじゅん》に飛《と》びあがって大尉《たいい》に続《つづ》いてきちんと間隔《かんかく》をとって進《すす》みました。

それから戦闘艦隊《せんとうかんたい》が三十二隻《さんじゅうにせき》、次々《つぎつぎ》に出発《しゅっぱつ》し、その次《つぎ》に大監督《だいかんとく》の大艦長《だいかんちょう》が厳《おごそ》かに舞《ま》いあがりました。

59

そのときはもうまっ先《さき》の烏《からす》の大尉《たいい》は、四《し》へんほど空《そら》で螺旋《らせん》を巻《ま》いてしまって雲《くも》の鼻《はな》っ端《ぱし》まで行《い》って、そこからこんどはまっ直《す》ぐに向《むこ》うの杜《もり》に進《すす》むところでした。二十九隻《にじゅうきゅうせき》の巡洋艦《じゅんようかん》、二十五隻《にじゅうごせき》の砲艦《ほうかん》が、だんだんだんだん飛《と》び上《あ》がりました。おしまいの二隻《にせき》は、いっしょに出発《しゅっぱつ》しました。ここらがどうも烏《からす》の軍隊《ぐんたい》の不規律《ふきりつ》なところです。

烏《からす》の大尉《たいい》は、杜《もり》のすぐ近《ちか》くまで行《い》って、左《ひだり》に曲《ま》がりました。

そのとき烏《からす》の大監督《だいかんとく》が、「大砲撃《たいほうう》てっ。」と号令《ごうれい》しました。

艦隊《かんたい》は一斉《いっせい》に、があがあがあがあ、大砲《たいほう》をうちました。

大砲《たいほう》をうつとき、片脚《かたあし》をぷんとうしろへ挙《あ》げる艦《ふね》は、この前《まえ》のニダナトラ

の戦役《せんえき》での負傷兵《ふしょうへい》で、音《おと》がまだ脚《あし》の神経《しんけい》にひびくのです。

さて、空《そら》を大《おお》きく四《し》へん廻《まわ》ったとき、大監督《だいかんとく》が、「分《わか》れっ、解散《かいさん》」と云《い》いながら、列《れつ》をはなれて杉《すぎ》の木《き》の大監督官舎《だいかんとくかんしゃ》におりました。みんな列《れつ》をほごしてじぶんの営舎《えいしゃ》に帰《かえ》りました。

烏《からす》の大尉《たいい》は、けれども、すぐに自分《じぶん》の営舎《えいしゃ》に帰《かえ》らないで、ひとり、西《にし》のほうのさいかちの木《き》に行《い》きました。

雲《くも》はうす黒《ぐろ》く、ただ西《にし》の山《やま》のうえだけ濁《にご》った水色《みずいろ》の天《てん》の淵《ふち》がのぞいて底光《そこびか》りしています。そこで烏仲間《からすなかま》でマシリイと呼《よ》ぶ銀《ぎん》の一《ひと》つ星《ぼし》がひらめきはじめました。

烏《からす》の大尉《たいい》は、矢《や》のようにさいかちの枝《えだ》に下《お》りました。その枝《えだ》に、さっきからじっと停《とま》って、ものを案《あん》じている烏《からす》があります。それはいちばん声《こえ》

60

のいい砲艦《ほうかん》で、烏《からす》の大尉《たいい》の許嫁《いいなずけ》でした。

「があがあ、遅《おそ》くなって失敬《しっけい》。今日《きょう》の演習《えんしゅう》で疲《つか》れないかい。」

「かあお、ずいぶんお待《ま》ちしたわ。いっこうつかれなくてよ。」

「そうか。それは結構《けっこう》だ。しかしおれはこんどしばらくおまえと別《わか》れなければなるまいよ。」

「あら、どうして、まあ大《たい》へんだわ。」

「戦闘艦隊長《せんとうかんたいちょう》のはなしでは、おれはあした山烏《やまがらす》を追《お》いに行《い》くのだそうだ。」

「まあ、山烏《やまがらす》は強《つよ》いのでしょう。」

「うん、眼玉《めだま》が出《で》しゃばって、嘴《くちばし》が細《ほそ》くて、ちょっと見掛《みか》けは偉《えら》そうだよ。しかし訳《わけ》ないよ。」

「ほんとう。」

「大丈夫《だいじょうぶ》さ。しかしもちろん戦争《せんそう》のことだから、どういう張合《はりあい》でどんなことがあるかもわからない。そのときはおまえはね、おれとの約束《やくそく》はすっかり消《き》えたんだから、外《ほか》へ嫁《い》ってくれ。」

「あら、どうしましょう。まあ、大《たい》へんだわ。あんまりひどいわ、あんまりひどいわ。それではあたし、あんまりひどいわ、かあお、かあお、かあお、かあお」

「泣《な》くな、みっともない。そら、たれか来《き》た。」

烏《からす》の大尉《たいい》の部下《ぶか》、烏《からす》の兵曹長《へいそうちょう》が急《いそ》いでやってきて、首《くび》をちょっと横《よこ》にかしげて礼《れい》をして云《い》いました。

「があ、艦長殿《かんちょうどの》、点呼《てんこ》の時間《じかん》でございます。一同整列《いちどうせいれつ》して居《お》ります。」

「よろしい。本艦《ほんかん》は即刻帰隊《そっこくきたい》する。おまえは先《さき》に帰《かえ》ってよろしい。」

「承知《しょうち》いたしました。」兵曹長《へいそうちょう》は飛《と》んで行《い》きます。

「さあ、泣《な》くな。あした、も一度列《いちどれつ》の中《なか》で会《あ》えるだろう。

丈夫《じょうぶ》でいるんだぞ、おい、おまえももう点呼《てんこ》だろう、すぐ帰《かえ》らなくては

いかん。手《て》を出《だ》せ。」

二疋《にひき》はしっかり手《て》を握《にぎ》りました。大尉《たいい》はそれから枝《えだ》をけって、急《いそ》いでじぶんの隊《たい》に帰《かえ》りました。娘《むすめ》の烏《からす》は、もう枝《えだ》に凍《こお》り着《つ》いたように、じっとして動《うご》きません。

62

　夜《よる》になりました。

それから夜中《よなか》になりました。

雲《くも》がすっかり消《き》えて、新《あた》らしく灼《や》かれた鋼《はがね》の空《そら》に、つめたいつめたい光《ひかり》がみなぎり、小《ちい》さな星《ほし》がいくつか聯合《れんごう》して爆発《ばくはつ》をやり、水車《すいしゃ》の心棒《しんぼう》がキイキイ云《い》います。

　とうとう薄《うす》い鋼《はがね》の空《そら》に、ピチリと裂罅《ひび》がはいって、まっ二《ぷた》つに開《ひら》き、その裂《さ》け目《め》から、あやしい長《なが》い腕《うで》がたくさんぶら下《さが》って、烏《からす》を握《つか》んで空《そら》の天井《てんじょう》の向《むこ》う側《がわ》へ持《も》って行《い》こうとします。烏《からす》の義勇艦隊《ぎゆうかんたい》はもう総掛《そうがか》りです。み

んな急《いそ》いで黒《くろ》い股引《ももひき》をはいて一生《いっしょう》けん命宙《めいちゅう》をかけめぐります。兄貴《あにき》の烏《からす》も弟《おとうと》をかばう暇《ひま》がなく、恋人同志《こいびとどうし》もたびたびひどくぶっつかり合《あ》います。

いや、ちがいました。

そうじゃありません。

月《つき》が出《で》たのです。青《あお》いひしげた二十日《はつか》の月《つき》が、東《ひがし》の山《やま》から泣《な》いて登《のぼ》ってきたのです。そこで烏《からす》の軍隊《ぐんたい》はもうすっかり安心《あんしん》してしまいました。

たちまち杜《もり》はしずかになって、ただおびえて脚《あし》をふみはずした若《わか》い水兵《すいへい》が、びっくりして眼《め》をさまして、があと一発《いっぱつ》、ねぼけ声《ごえ》の大砲《たいほう》を撃《う》つだけでした。

ところが烏《からす》の大尉《たいい》は、眼《め》が冴《さ》えて眠《ねむ》れませんでした。

「おれはあした戦死《せんし》するのだ。」大尉《たいい》は呟《つぶ》やきながら、許嫁《いいなずけ》のいる杜《もり》の方《ほう》にあたまを曲《ま》げました。

その昆布《こんぶ》のような黒《くろ》いなめらかな梢《こずえ》の中《なか》では、あの若《わか》い声《こえ》のいい砲艦《ほうかん》

が、次《つぎ》から次《つぎ》といろいろな夢《ゆめ》を見《み》ているのでした。

烏《からす》の大尉《たいい》とただ二人《ふたり》、ばたばた羽《はね》をならし、たびたび顔《かお》を見合《みあわ》せながら、青黒《あおぐろ》い夜《よる》の空《そら》を、どこまでもどこまでものぼって行《い》きました。もうマヂエル様《さま》と呼《よ》ぶ北斗《ほくと》七星《しちせい》が、大《おお》きく近《ちか》くなって、その一《ひと》つの星《ほし》のなかに生《は》えている青《あお》じろい苹果《りんご》の木《き》さえ、ありありと見《み》えるころ、どうしたわけか二人《ふたり》とも、急《きゅう》に羽《はね》が石《いし》のように強張《こわば》って、まっさかさまに落《お》ちかかりました。マヂエル様《さま》と叫《さけ》びながら愕《おど》ろいて眼《め》をさましますと、ほんとうにからだが枝《えだ》から落《お》ちかかっています。急《いそ》いではねをひろげ姿勢《しせい》を直《なお》し、大尉《たいい》の居《い》る方《ほう》を見《み》ましたが、またいつかうとうとしますと、こんどは山烏《やまがらす》が鼻眼鏡《はなめがね》などをかけてふたりの前《まえ》にやって来《き》て、大尉《たいい》に握手《あくしゅ》しようとします。大尉《たいい》が、いかんいかん、と云《い》って手《て》をふりますと、山烏《やまがらす》はピカピカする拳銃《ピストル》を出《だ》していきなりずどんと大尉《たいい》を射殺《しゃさつ》し、大尉《たいい》はなめらかな黒《くろ》い胸《むね》を張《は》って倒《たお》れかかります。マヂエル様《さま》と叫《さけ》びながらまた愕《おどろ》いて眼《め》をさますというあんばいでした。

烏《からす》の大尉《たいい》はこちらで、その姿勢《しせい》を直《なお》す羽《はね》の音《おと》から、そらのマヂエル様《さま》を祈《いの》る声《こえ》まですっかり聴《き》いて居《お》りました。

じぶんもまたためいきをついて、そのうつくしい七《なな》つのマヂエルの星《ほし》を仰《あお》ぎながら、ああ、あしたの戦《たたかい》でわたくしが勝《か》つことがいいのか、山烏《やまがらす》がかつのがいいのか、それはわたくしには判《わか》りません、ただあなたのお考《かんが》えのとおりです、わたくしはわたくしにきまったように力《ちから》いっぱいたたかいます、みんなみんなあなたのお考《かんが》えのとおりですとしずかに祈《いの》って居《お》りました。そして東《ひがし》のそらには早《はや》くも少《すこ》しの銀《ぎん》の光《ひかり》が湧《わ》いたのです。

ふと遠《とお》い冷《つめ》たい北《きた》の方《ほう》で、なにか鍵《かぎ》でも触《ふ》れあったようなかすかな音《おと》がしました。烏《からす》の大尉《たいい》は夜間双眼鏡《ナイトグラス》を手早《てばや》く取《と》って、きっとそっちを見《み》ました。星《ほし》あかりのこちらのぼんやり白《しろ》い峠《とうげ》の上《うえ》に、一本《いっぽん》

65

の栗《くり》の木《き》が見《み》えました。その梢《こずえ》にとまって空《そら》を見《み》あげているものは、たしかに敵《てき》の山烏《やまがらす》です。大尉《たいい》の胸《むね》は勇《いさ》ましく躍《おど》りました。

「があ、非常召集《ひじょうしょうしゅう》、があ、非常召集《ひじょうしょうしゅう》」

大尉《たいい》の部下《ぶか》はたちまち枝《えだ》をけたてて飛《と》びあがり大尉《たいい》のまわりをかけめぐります。

「突貫《とっかん》。」烏《からす》の大尉《たいい》は先登《せんとう》になってまっしぐらに北《きた》へ進《すす》みました。

もう東《ひがし》の空《そら》はあたらしく研《と》いだ鋼《はがね》のような白光《しろびかり》です。

山烏《やまがらす》はあわてて枝《えだ》をけ立《た》てました。そして大《おお》きくはねをひろげて北《きた》の方《ほう》へ遁《に》げ出《だ》そうとしましたが、もうそのときは駆逐艦《くちくかん》たちはまわりをすっかり囲《かこ》んでいました。

「があ、があ、があ、があ」大砲《たいほう》の音《おと》は耳《みみ》もつんぼになりそうです。山烏《やまがらす》は仕方《しかた》なく足《あし》をぐらぐらしながら上《うえ》の方《ほう》へ飛《と》びあがりました。大尉《たいい》はたちまちそれに追《お》い付《つ》いて、そのまっくろな頭《あたま》に鋭《するど》く一突《ひとつ》き食《く》らわせまし

た。山烏《やまがらす》はよろよろっとなって地面《じめん》に落《お》ちかかりました。そこを兵曹長《へいそうちょう》が横《よこ》からもう一突《ひとつ》きやりました。山烏《やまがらす》は灰《はい》いろのまぶたをとじ、あけ方《がた》の峠《とうげ》の雪《ゆき》の上《うえ》につめたく横《よこた》わりました。

「があ、兵曹長《へいそうちょう》。その死骸《しがい》を営舎《えいしゃ》までもって帰《かえ》るように。があ。引《ひ》き揚《あ》げっ。」

「かしこまりました。」強《つよ》い兵曹長《へいそうちょう》はその死《し》骸《がい》を提《さ》げ、烏《からす》の大尉《たいい》はじぶんの杜《もり》の方《ほう》に飛《と》びはじめ十八隻《じゅうはっせき》はしたがいました。

杜《もり》に帰《かえ》って烏《からす》の駆逐艦《くちくかん》は、みなほうほう白《しろ》い息《いき》をはきました。

「けがは無《な》いか。誰《だれ》かけがしたものは無《な》いか。」烏《からす》の大尉《たいい》はみんなを労《いたわ》って歩《ある》きました。

夜《よる》がすっかり明《あ》けました。

桃《もも》の果汁《しる》のような陽《ひ》の光《ひかり》は、まず山《やま》の雪《ゆき》にいっぱいに注《そそ》ぎ、それからだんだん下《した》に流《なが》れて、ついにはそこらいちめん、雪《ゆき》のなかに白百合《しらゆり》の花《はな》を咲《さ》かせました。

66

ぎらぎらの太陽《たいよう》が、かなしいくらいひかって、東《ひがし》の雪《ゆき》の丘《おか》の上《うえ》に懸《かか》りました。

「観兵式《かんぺいしき》、用意《ようい》っ、集《あつま》れい。」大監督《だいかんとく》が叫《さけ》びました。

「観兵式《かんぺいしき》、用意《ようい》っ、集《あつま》れい。」各艦隊長《かくかんたいちょう》が叫《さけ》びました。

みんなすっかり雪《ゆき》のたんぼにならびました。

烏《からす》の大尉《たいい》は列《れつ》からはなれて、ぴかぴかする雪《ゆき》の上《うえ》を、足《あし》をすくすく延《の》ばしてまっすぐに走《はし》って大監督《だいかんとく》の前《まえ》に行《い》きました。

「報告《ほうこく》、きょうあけがた、セピラの峠《とうげ》の上《うえ》に敵艦《てきかん》の碇泊《ていはく》を認《みと》めましたので、本艦隊《ほんかんたい》は直《ただ》ちに出動《しゅつどう》、撃沈《げきちん》いたしました。わが軍死者《ぐんししゃ》なし。報告終《ほうこくお》わ

りっ。」

駆逐艦隊《くちくかんたい》はもうあんまりうれしくて、熱《あつ》い涙《なみだ》をぼろぼろ雪《ゆき》の上《うえ》にこぼしました。

烏《からす》の大監督《だいかんとく》も、灰《はい》いろの眼《め》から泪《なみだ》をながして云《い》いました。

「ギイギイ、ご苦労《くろう》だった。ご苦労《くろう》だった。よくやった。もうおまえは少佐《しょうさ》になってもいいだろう。おまえの部下《ぶか》の叙勲《じょくん》はおまえにまかせる。」

烏《からす》の新《あたら》しい少佐《しょうさ》は、お腹《なか》が空《す》いて山《やま》から出《で》て来《き》て、十九隻《じゅうきゅうせき》に囲《かこ》まれて殺《ころ》された、あの山烏《やまがらす》を思《おも》い出《だ》して、あたらしい泪《なみだ》をこぼしました。

「ありがとうございます。就《つい》ては敵《てき》の死骸《しがい》を葬《ほうむ》りたいとおもいますが、お許《ゆる》し下《くだ》さいましょうか。」

「よろしい。厚《あつ》く葬《ほうむ》ってやれ。」

烏《からす》の新《あたら》しい少佐《しょうさ》は礼《れい》をして大監督《だいかんとく》の前《まえ》をさがり、列《れつ》に戻《もど》って、いまマヂエルの星《ほし》の居《い》るあたりの青空《あおぞら》を仰《あお》ぎました。（ああ、マヂエル様《さま》、どうか憎《にく》むことのできない敵《てき》を殺《ころ》さないでいいように早《はや》くこの世界《せかい》がなりますように、そのためならば、わたくしのからだなどは、何《なん》べん引《ひ》き裂《さ》かれてもかまいません。）マヂエルの星《ほし》が、ちょうど来《き》ているあたりの青《あお》ぞらから、青《あお》いひかりがうらうらと湧《わ》きました。

　美《うつく》しくまっ黒《くろ》な砲艦《ほうかん》の烏《からす》は、そのあいだ中《じゅう》、みんなといっしょに、不動《ふどう》の姿勢《しせい》をとって列《なら》びながら、始終《しじゅう》きらきらきらきら涙《なみだ》をこぼしました。砲艦《ほうかん》長《ちょう》はそれを見《み》ないふりしていました。あしたから、また許嫁《いいなずけ》といっしょに、演習《えんしゅう》ができるのです。あんまりうれしいので、たびたび嘴《くちばし》を大《おお》きくあけて、まっ赤《か》に日光《にっこう》に透《す》かせましたが、それも砲《ほう》艦長《かんちょう》は横《よこ》を向《む》いて見逃《みのが》していました。

中文鑑賞

烏鴉的北斗七星

宮澤賢治

冰冷又壞心腸的險惡烏雲低垂著，都快貼到地面上來了，使得原野散發出一種叫人分不清楚，究竟是屬於雪或是太陽的光芒。

烏鴉義勇艦隊被烏雲傾軋到施展不開，只好在那舖滿著雪，好像整塊鋅板伸展開來似的田地上，一字排開地稍做停泊。

每隻船艦都是一動也不動一下。

毛色既漆黑又光滑的烏鴉上尉是年輕的艦隊長，也同樣是站得直挺挺地一動也不動。

烏鴉領航總長連晃都不晃一下。他年紀很大很大了，眼睛已經變成灰色，而且只要他一叫，就會發出一種嘰嘰聲，簡直像壞掉了的洋娃娃轉動身子發出來的聲音一樣。

因此某一天，有個不懂得分辨烏鴉年齡的孩子就曾這麼說過：「喂！我跟你說，這鎮上有兩隻喉嚨壞掉的

烏鴉呦！跟你說是真的喔。」這確實是個錯誤的訊息，這樣的烏鴉其實只有那麼一隻，並且絕非喉嚨壞掉了，而是因為有太長一段時期，在空中發號司令的結果，聲音就整個像生了鏽似地變沙啞了。因此，烏鴉義勇艦隊認為，這聲音是所有聲響中最棒的第一名。

在雪地上暫時停泊的烏鴉艦隊，看來就像小石子，也像芝麻一樣。此外用望遠鏡仔細看的話，就會發現有大的也有小的，好像馬鈴薯一般。

但是，已經漸漸接近傍晚了，而且雲層也終於往上爬了一些些，總之就是已經有了足夠烏鴉飛翔的空隙了。

於是領航總督喘著大氣，趕忙地發號起司令說：「注意！演習開始，出發！」

艦隊長——烏鴉上尉，率先啪地一聲，往雪地一蹬飛上天去。烏鴉上尉的十八隻部屬，一隻接著一隻地往上飛，保持著等距的間隔，隨著上尉往前飛進。

緊跟著的三十二隻戰鬥艦隊也接連不斷地出發，之後領航總督——大艦長，也莊嚴地飛翔了起來。

最先出發的上尉，早已在空中轉了四個迴旋，衝到雲端，此刻正從那兒筆直地往對面的森林挺進中。二十九隻巡洋艦、二十五隻砲艦，也漸漸地陸續飛了起來。最後的兩隻是一起出發的，這些點顯示出，烏鴉軍隊總是會有那麼一點不太規律的地方。

烏鴉上尉飛行到快接近森林之

處，就向左轉彎了。

那時候領航總督，下了聲命令說：「發射大砲！」

整個艦隊一起嘎嘎嘎嘎地大砲齊發！

在發射大砲時，那隻會把一隻腳噗地往後伸直的船艦，是前一陣子在尼達納多拉戰役中負了傷的兵士，直到現在，聲響依然會刺激到他腳上的神經。

接下來，領航總督在空中大大地迴旋了四遍之後，一邊喊著：「分開、解散！」一邊離開隊伍，降落到了座落在杉樹上的領航總督官舍。大家也都各自把隊伍解散回到自己的營房去了。

但是，烏鴉上尉並沒有立刻回到自己的營房，他獨自一人來到西邊的皂莢樹那兒去了。

雲的顏色有點兒黯黑，唯獨在西邊的山巔上方，微微可以看得見深灰藍色的天際，在幽暗中透著亮光。在那個地方，被烏鴉伙伴們稱為瑪西禮的一顆銀星，已開始閃耀著屬於自己的光芒。

烏鴉上尉像隻急箭似地，降落到

了皂莢樹的枝幹上。那枝幹上，從剛才開始就一直無聲無息地停著一隻正在擔心的烏鴉。那是一隻聲音特別美的砲艦，她是烏鴉上尉的未婚妻。

「嘎！嘎！抱歉，我來晚了。今天的演習，妳沒累著吧？」

「咖！我等了你好久了呢！我一點都不累。」

「是嗎？那就好。但是這回看來，我是不得不跟妳分開一段時間了。」

「咦！為什麼呢？唉呀！情勢看來不妙！」

「按照戰鬥艦隊長的說法，明天我得要去驅逐山中的野烏鴉。」

「啊呀！野烏鴉很強悍吧？」

「嗯，凸眼珠、細嘴巴，乍看之下是挺蹺的樣子啦，但事實上應該沒那麼行吧！」

「真的嗎？」

「沒什麼好擔心的。只不過既然是戰爭，在互鬥之下原本就很難預測將會發生什麼事情。到那時妳跟我的約定，可說是煙消雲散了，妳就另找個人家嫁了吧。」

「哎，這可怎麼辦好呢！好過分喔！你怎麼可以這個樣子，太過分了！這樣一來我豈不是……你真是太過分了！咖、咖、咖、咖……」

「別哭！讓人看到多難為情啊。瞧！有人來了。」

是烏鴉上尉的部下，烏鴉準士官急急忙忙地趕了過來，他把頭稍微側向一邊，行了個禮後說：「嘎！艦長大人，點名的時間到了，全體成員都已整隊完畢！」

「很好！本艦即刻歸隊，你可以自行先回。」

「是！我這就回去。」準士官飛走了。

「好了，別哭了。明天我們還會在隊伍中見到面的不是嗎？照顧好妳自己的身體，聽到沒？妳那邊也快要點名了吧，不馬上回去不行。把手給我。」

情侶互相緊緊地握了握手。上尉接著就踢了踢枝幹，匆匆地飛回自己的隊上去了。烏鴉小姐，則像是已經凍僵在枝頭上似地，寂寥地動都沒動一下。

夜晚來臨了。

跟著到了夜半。

雲層完全消失，天空好像一塊剛被翻新焠鍊過的鋼鐵一樣，瀰漫著冷冽的寒光，幾撮稀零的小星星聯合在一起引爆開來，水車的軸心發出吱嘎吱嘎的聲響。

終於，如同薄鋼的天空，霹靂一聲出現了裂痕，蹦成了兩半，從那裂縫當中，垂下很多隻十分詭異的長長手腕，企圖把烏鴉抓起來，帶往天牆的另外一方。烏鴉義勇艦隊可說集體總動員了，大家趕忙穿上黑色緊身

褲，拼了死命在空中奔馳。烏鴉哥哥與烏鴉弟弟根本無暇互相衛護，情侶們彼此之間，也一而再再而三地猛烈地撞擊在一起。

不，不是的。情況並不是這樣！

其實是月亮出來了。二十號的藍色下弦月被擠得扁扁地，從東邊的山頭哭著爬了上來。看到這光景，烏鴉軍隊整個心都安下了來。

森林立刻恢復了平靜，只有一隻年輕的水兵，因怯懦不安而踩空了腳，嚇得睜開了眼睛，嘎一聲地發射了一記昏昏沉沉的大砲而已。

然而，烏鴉上尉卻是雪亮著雙眼，睡也睡不著。

「明天我就要戰死了。」上尉一面喃喃自語，一面把頭轉向他未婚妻身處的森林。

在像海帶一樣又黑又光滑的樹梢上，那隻年紀輕聲音美的砲艦，正接二連三地做著各式各樣的夢呢！

她夢見自己跟烏鴉上尉單獨在一起，趴搭趴搭地振動著翅膀，不時互望著彼此的臉龐，在黑藍色的夜空中，不停不歇、毫無止境地往上高飛。當被稱為瑪姒耶魯閣下❶的北斗七星變得又大又近，連生長在其中一顆星辰裡的青蘋果樹，都能看得一清

二楚的時候，不知為何他們的翅膀，突然變得像石頭般地僵硬，倒了個栽蔥後眼見就要往下掉了……當她從夢中大叫著：「瑪姬耶魯閣下！」驚醒過來時，正是差一點兒就要從樹枝上墜落的瞬間呢！她急忙重整翅膀調正姿勢，往上尉在的地方望了過去，又在不知不覺間進入了睡眠狀態。這次夢到的是，掛著夾鼻眼鏡的野烏鴉來到了兩人的面前，試圖要跟上尉握手。上尉搖著手連聲說：「不可以，不可以。」時，野烏鴉突然亮出閃閃發光的手槍，砰！的一聲，射殺了上尉。眼看上尉挺著光滑黝黑的胸膛，就要不支倒地了……這時她又再次重演剛才的狀況，大叫著「瑪姬耶魯閣下！」驚醒了過來。

而上尉在這一頭，從那調整翅膀的聲響，到對著天空的瑪姬耶魯閣下祈禱的聲音，他都已仔仔細細地聽進耳裡了。

上尉自己也嘆了一口大氣，一邊仰望著那七顆美麗的瑪姬耶魯星辰，一邊默默地祈禱著。啊，明日一戰，究竟是讓我贏好呢？還是讓野烏鴉贏較好呢？這不是我所能判斷的，一切都只會如您所想。我只有照著自己原本的決定，奮力一戰而已，一切的一切都還是只會如您所想地發生。而這時東方的天際，早已泛出些許銀色的晨光。

忽然遙遠冰冷的北方，發出了一絲絲像是鑰匙互相磨擦的聲音。烏鴉上尉迅速地拿起夜間望遠鏡，眼神銳利地往那邊瞧。藉著星光，隱隱約約可以看見，在靠近這邊的白色山脊上

有棵栗子樹，而佇立在那樹梢仰望著天空的，的確就是敵方的野烏鴉。上尉的心頭為之振奮。

「嘎！緊急集合！嘎！緊急集合！」

上尉的部屬們立即跳離枝幹飛身而起，在上尉的周邊迴旋飛躍著。

「衝鋒突擊！」烏鴉上尉身先士卒地直往北方逼進。

東方的天空，已然像剛被研磨過的嶄新鋼鐵一般白光閃閃。

野烏鴉在慌忙中蹬離枝幹，然後大大地展開翅膀，正準備要往北方遁逃時，驅逐艦們早就把整個四周都給包抄起來了。

「嘎、嘎、嘎、嘎、嘎！」大砲聲猛烈到都快把耳朵給震聾了！野烏鴉只能猛晃著雙腿往上方飛竄。上尉隨即追上，對著野烏鴉那漆黑的頭部精準銳利的一擊。當野烏鴉搖搖晃晃，幾乎快墜落到地面時，準士官從側面又補了一記重擊。野烏鴉闔上了他灰色的眼皮，冰冷地橫躺在破曉時分的山脊雪地上。

「嘎，準士官！由你將那屍體搬回營房去。嘎！撤回！」

「遵命！」勇猛的準士官提著屍體，烏鴉上尉開始飛回自己的森林，其餘的十八隻尾隨在後。

回到森林後的烏鴉驅逐艦們，個個都呼呼地吐著白色的氣息。

「大家都平安無事嗎？有沒有人受傷啊？」烏鴉上尉到處問候著大家。

黑夜整個過去了。

陽光就像是水蜜桃汁一樣，首先在山間的雪上頭灑下了滿滿的光線，接著慢地往下傾瀉，最後終於讓那一整片雪地，開滿了白色的百合花。

金碧輝煌的太陽就懸掛在東邊的雪丘上，散發著亮到幾乎叫人覺得悲哀的光芒。

「閱兵典禮！預備！集合！」領航總督高呼了一聲。

「閱兵典禮！預備！集合！」各個艦隊長也高喊起來。

大家在鋪滿著雪的田地上，整整齊齊地排起隊來。

烏鴉上尉走出隊伍，在閃閃發光的雪地上，快速地邁開大步，直奔到領航總督的面前。

「報告！今晨破曉時分，在賽匹拉山脊發現有敵艦停泊，本艦隊隨即出動，將其擊沉。我軍並無傷亡，報告完畢！」

驅逐艦隊實在是太高興了，熱淚撲簌簌地不停掉落在雪地上。

烏鴉領航總督從他那灰色的眼睛流下了眼淚，說：「嘰嘰，辛苦了，辛苦了。幹得真好！該是升你為少校的時候了。至於你屬下要如何授勳，就交給你全權處理了。」

新上任的烏鴉少校，想起了因肚子餓而從山裡走了出來，卻被自己跟隊友計十九隻一起圍殺而亡的那隻野烏鴉，不禁又再次流下了眼淚。

「感謝您！基於道義我想將敵人的屍體收埋，不知能否得到您的允許。」

「可以！你就厚葬他吧！」

新上任的烏鴉少校鞠了躬，從領航總督的面前退回到了隊伍中，抬頭仰望此刻瑪姬耶魯星辰所在一帶的藍天。（啊！瑪姬耶魯閣下，虔誠希望這個世界，能早日變得不必再去殺戮那些自己根本無法憎恨的敵人。若是為了打造那樣的世界，我這種人的身體就算要被撕裂多少回都沒有關係。）只見那瑪姬耶魯星恰巧現身的青空周邊，正湧現出明媚和煦的藍色光芒。

那隻又美又漆黑的砲艦烏鴉在那段時間，一直都跟著大家採取立正姿勢排著隊，一面自始至終一閃一閃又一閃地流著晶亮的淚珠，砲艦長假裝沒看見這些。想到明天開始，又可以再跟未婚夫一起參加演習，因為太過開心，她頻頻把嘴張得大大地，剛巧被陽光透照得鮮紅欲滴，而這一幕砲艦長也因為面向旁邊給看漏了。

註

❶ 原文的「マヂエル」是由拉丁語「Ursa Maior」命名的。意思是大熊座、北斗七星。

導讀

日式鄉土情懷的具現

《狼山、笊籬山和盜賊山》

陳慶彰

宮澤賢治的〈狼山、笊籬山和盜賊山〉這篇童話名，乍看之下有些讓人摸不著頭緒。不只篇名，連故事主軸也繞著山名在打轉。這些一時難以理解的題材與布局，整篇所呈現出來的內容和文化背景，其實都與一些日本怪怪名稱的由來，有脫離不了的關係。所以要解開這樣的迷惑，得先暖個身，從日本人的命名方式談起。

據說日本的姓氏有十幾萬種之多，其中可以大分為從古以來就被承襲的「姓（せい）」；以及從平安時代之後才誕生的「名字（みょうじ）」。「名字」數量要比「姓」多得多，大多數都像炸彈開花似地，產生於平安後期到室町時代之間。戶籍登記則大都於明治時代之後。

日本「名字」的取法五花八門，其中有主帥賜名，也有名門派生，像「安藤、伊藤、江藤、加藤、工藤、後藤、近藤、斎藤」等帶有「藤」字輩的名字，大部分都是出自於支配過平安王朝的「藤原」一族。

但並非每個「名字」都像「藤氏家族」一樣，含著金湯匙出世。其實最大多數是來自於「地名」，像「石川」就是其中的代表。其次是來自於「地形和風景」，所以「山、川、田、池、林、森、原、浜」等字眼出現得很多，再加上「方向和位置」、「職業」，那組合起來就更多元化了，比如「田中、高木、東山、犬養、鳥飼」等等，從這種命名方式作判斷，應該不難猜出他們祖先住的方位跟職業。

日本人取名的方式就是這樣帶點無釐頭的單純，所以不只人名、地名、山海名等，都常會有怪怪「產品」的出現。所以，用平常心看待，才能坦然享受出日本文學字裡行間的樂趣，與作者發想的原創精神！因為這些怪異名稱，在文學中出現的比例還挺高的。

連日本人自己看了都覺得古怪的山名——「狼山、笊籬山、盜賊山」，包括在文中訴說來龍去脈的「黑坂山」，其實都是存在於岩手山南麓，小岩井農場附近的真實山林。山林附近有一個從古早古早就有的村落——「姥屋敷」，據說就是本篇童話的場景範本。

小岩井農場來頭不小，是日本最大的民營農場，也是宮澤賢治很愛去的地方。農場名字的由來，是取自「小野、岩崎、井上」三位聯合創辦名人的頭文字，結合而成的名字哩！

至於故事中被形容成王者風範，戴著銀冠的岩手山，與宮澤賢治的文學世界，那就更是密不可分了。宮澤賢治十三歲離開家鄉上盛岡讀書，在他中學期間，與友人、同學去的不算，光個人單獨登岩手山，就不下三十次之多。對自幼喜歡礦石，愛親近植物的少年宮澤賢治來說，這座高二〇四一公尺，位於岩手縣盛岡市西北的休眠火山，不啻是絕佳的自然博物館，也是淬練宮澤賢治身心的聖山，更是他吟詩寫歌，創作童話的泉源兼磐石。

文中，岩手山、小岩井農場、巨岩、農耕、故鄉人物……等，舉凡任何登場人物、場景或題材，若不是作者心之所愛，便是再熟悉不過的人事物。難怪他信手拈來皆可趣味橫生，輕描淡寫就能鞭辟入裡，寫得格外自然流暢。正是這份作者本身真切的自然感受，化解了山會說話的唐突；也讓人發自內心地陪伴村民，為他們的豐收與成長開心。

全文，洋溢著的是一股「無邪気」的純真。

野狼帶走小孩，不但沒吃了他們，被家長發現時還賠罪說：「請別見怪！我們可是請孩子們吃了好多好多栗子啦、野菇之類的呦！」

山男被抓包時，沒有張牙舞爪嚇人，竟然是張開他超大尺寸的嘴，傻氣地叫了聲「叭！」至於愛虛張聲勢，偷走粟米的盜賊山大漢，動機其實只是因為好奇，自己想要嘗試動手做粟米麻糬，想到難以自抑才出此下策。

村民們也是一樣，不管野狼、山男、黑坂山、盜賊山對他們說了些什麼，都是一個勁兒地覺得有理、可信，並且還很知恩圖報。但回報的內容，卻又千篇一律都是粟米麻糬；就連想要報復一下，頂多也只是在麻糬裡摻入幾粒細砂而已，可愛吧？

日語「無邪気《むじゃき》」這個單字，指的是「天真無邪・純真」的意思。這份天真爛漫的特質，書中人物如此，作者宮澤賢治本身亦復如此。不僅如此，也許我該說，其實「無邪気」在日本，是無論男女老幼，或多或少都曾帶著那麼點的國民特質吧！在日本我們很容易看到，父母親忘我地跟兒女玩遊戲爭輸贏，也經常可以看到帶著少年情懷、少女嬌羞的銀髮族。所以對於純粹簡單的美好，很容易引發共鳴。當然宮澤賢治的「無邪気」，無論從他的待人處世、創作態度，或者是對信仰的實踐……都可以體認得出，確實有常人所難及的「純度」。這點也是宮澤的文學魅力之一。

除了「無邪気」發揮了功效，正當化、柔化了故事的詭譎外，我想實質上，盤根於日本人深層意識裡的「神道」信仰，也替作者強力地背了書！

日本神道相信「八百万《やおよろず》の神《かみ》」，所謂八百萬指的是不計其數的眾多，意思就是天地山川、宇宙萬物皆有神，所以石頭、灶、水桶等都是有神的，因此過年時都必須供奉。另外，他們還傳說在日本誕生之初，神、大自然和人之間是可以直接互通生息的；而我們台灣也是可以的，只是我們得藉由「擲筊」的儀式來進行。呵呵！

如果人類與大自然要是真能直接對話，那結果會是怎樣呢？

看本篇童話，我們很能體會出山林所擁有的許多不同面貌。諸如肯為人類遮風擋雨、招待小孩的溫柔善良；答應開墾、歡迎搜查的豪邁包容；維持公理、分文不取的廉能高潔；要求關愛、渴望注意的捉狎調皮；憤怒爆發、難以駕馭的狂野難測。這些萬種風情，從古至今都有他持衡不變的普遍性。

所以懂得山林也懂得村民的作者，安排了一些小插曲，讓人類學習感恩，珍惜自然，也讓自然最後成為人類的好朋友，具現了他心中的烏托邦夢鄉。

全篇配合主題沒有太多的文字雕琢，倒是善用日語表音的特質，藉由文字、對話模式的不斷重複，創造了十分輕快的節奏和韻律，不只讓我想到音樂，也聯想到「狂言」那不斷重複相同搞笑模式的表演方法。這種技法很傳統、很日本、也很鄉土。

最後，藉由兩個問題的發想，作為本文的結束。

問題一：為何拿到盜賊山去的粟米麻糬裡，會夾雜著細砂呢？應該算是難以避免的無奈又是什麼意思呀？

問題二：粟米麻糬隨著時代的更迭，變小了很多也是無可奈何的，為什麼呢？

如果您覺得很難有一個直截了當的單一解答，那宮澤賢治應該會很高興。因為這正是他想要創造出來，預留給讀者的想像空間；也許你早就注意到了，「模稜兩可的謎團」設計，其實正是宮澤與讀者交流最直接的手段，也是他刻劃在許多童話中的共通軌跡。

原文鑑賞

狼森《オイノもり》と笊森《ざるもり》、盗森《ぬすともり》

68

宮沢賢治《みやざわけんじ》

小岩井農場《こいわいのうじょう》の北《きた》に、黒《くろ》い松《まつ》の森《もり》が四《よっ》つあります。いちばん南《みなみ》が狼森《オイノもり》で、その次《つぎ》が笊森《ざるもり》、次《つぎ》は黒坂森《くろさかもり》、北《きた》のはずれは盗森《ぬすともり》です。

この森《もり》がいつごろどうしてできたのか、どうしてこんな奇体《きたい》な名前《なまえ》がついたのか、それをいちばんはじめから、すっかり知《し》っているものは、おれ一人《ひとり》だと黒坂森《くろさかもり》のまんなかの巨《おお》きな巌《いわ》が、ある日《ひ》、威張《いば》ってこのおはなしをわたくしに聞《き》かせました。

ずうっと昔《むかし》、岩手山《いわてさん》が、何《なん》べんも噴火《ふんか》しました。その灰《はい》でそこらはすっかり埋《うず》まりました。このまっ黒《くろ》な巨《おお》きな巌《いわ》も、やっぱり山《やま》からはね飛《と》ばされて、今《いま》のところに落《お》ちて来《き》たのだそうです。

噴火《ふんか》がやっとしずまると、野原《のはら》や丘《おか》には、穂《ほ》のある草《くさ》や穂《ほ》のない草《くさ》が、南《みなみ》の方《ほう》からだんだん生《は》えて、とうとうそこらいっぱいになり、それから柏《かしわ》や松《まつ》も生《は》え出《だ》し、しまいに、いまの四《よ》つの森《もり》ができました。けれども森《もり》にはまだ名前《なまえ》もなく、めいめい勝手《かって》に、おれはおれだと思《おも》っているだけでした。するとある年《とし》の秋《あき》、水《みず》のようにつめたいすきとおる風《かぜ》が、柏《かしわ》の枯《か》れ葉《は》をさらさら鳴《な》らし、岩手山《いわてさん》の銀《ぎん》の冠《かんむり》には、雲《くも》の影《かげ》がくっきり黒《くろ》くうつっている日《ひ》でした。

四人《よにん》の、けらを着《き》た百姓《ひゃくしょう》たちが、山刀《なた》や三本鍬《さんぼんぐわ》や唐鍬《とうぐわ》や、すべて山《やま》と野《の》原《はら》の武器《ぶき》を堅《かた》くからだにしばりつけて、東《ひがし》の稜《かど》ばった燧石《ひうちいし》の山《やま》を越《こ》えて、のっしのっしと、この森《もり》にかこまれた小《ちい》さな野原《のはら》にやって来《き》ました。よくみるとみんな大《おお》きな刀《かたな》もさしていたのです。

先頭《せんとう》の百姓《ひゃくしょう》が、そこらの幻燈《げんとう》のようなけしきを、みんなにあちこち指《ゆび》さして

「どうだ。いいとこだろう。畑《はたけ》はすぐ起《おこ》せるし、森《もり》は近《ちか》いし、きれいな水《みず》もながれている。それに日《ひ》あたりもいい。どうだ、俺《おれ》はもう早《はや》くから、ここと決《き》めて置《お》いたんだ。」と云《い》いますと、一人《ひとり》の百姓《ひゃくしょう》は、

「しかし地味《ちみ》はどうかな。」と言《い》いながら、屈《かが》んで一本《いっぽん》のすすきを引《ひ》き抜《ぬ》いて、その根《ね》から土《つち》を掌《てのひら》にふるい落《おと》して、しばらく指《ゆび》でこねたり、ちょっと嘗《な》めてみたりしてから云《い》いました。

「うん。地味《じみ》もひどくよくはないが、またひどく悪《わる》くもないな。」

「さあ、それではいよいよここときめるか。」

も一人《ひとり》が、なつかしそうにあたりを見《み》まわしながら云《い》いました。

「よし、そう決《き》めよう。」いままでだまって立《た》っていた、四人目《よにんめ》の百姓《ひゃくしょう》が云《い》いました。

四人《よにん》はそこでよろこんで、せなかの荷物《にもつ》をどしんとおろして、それから来《き》た方《ほう》へ向《む》いて、高《たか》く叫《さけ》びました。

「おおい、おおい。ここだぞ。早《はや》く来《こ》お。早《はや》く来《こ》お。」

すると向《むこ》うのすすきの中《なか》から、荷物《にもつ》をたくさんしょって、顔《かお》をまっかにしておかみさんたちが三人《さんにん》出《で》て来《き》ました。見《み》ると、五《いつ》つ六《むっ》つより下《した》の子供《こども》が九人《くにん》、わいわい云《い》いながら走《はし》ってついて来《く》るのでした。

そこで四人《よったり》の男《おとこ》たちは、てんでにすきな方《ほう》へ向《む》いて、声《こえ》を揃《そろ》えて叫《さけ》びました。

「ここへ畑起《はたけおこ》してもいいかあ。」

「いいぞお。」森《もり》が一斉《いっせい》にこたえました。

みんなは又叫《またさけ》びました。

「ここに家建《いえた》ててもいいかあ。」

「ようし。」森《もり》は一《いっ》ぺんにこたえました。

みんなはまた声《こえ》をそろえてたずねました。

「ここで火《ひ》たいてもいいかあ。」

「いいぞお。」森《もり》は一《いっ》ぺんにこたえました。

みんなはまた叫《さけ》びました。

「すこし木貰《きもら》ってもいいかあ。」

「ようし。」森《もり》は一斉《いっせい》にこたえました。

男《おとこ》たちはよろこんで手《て》をたたき、さっきから顔色《かおいろ》を変《か》えて、しんとして居《い》た女《おんな》やこどもらは、にわかにはしゃぎだして、子供《こども》らはうれしまぎれに喧《けん》嘩《か》をしたり、女《おんな》たちはその子《こ》をぽかぽか撲《なぐ》ったりしました。

71

その日《ひ》、晩方《ばんがた》までには、もう萱《かや》をかぶせた小《ちい》さな丸太《まるた》の小屋《こや》が出来《でき》ていました。子供《こども》たちは、よろこんでそのまわりを飛《と》んだりはねたりしました。次《つぎ》の日《ひ》から、森《もり》はその人《ひと》たちのきちがいのようになって、働《はた》らいているのを見《み》ました。男《おとこ》はみんな鍬《くわ》をピカリピカリさせて、野原《のはら》の草《くさ》を起《おこ》しました。女《おんな》たちは、まだ栗鼠《りす》や野鼠《のねずみ》に持《も》って行《い》かれない栗《くり》の実《み》を集《あつ》めたり、松《まつ》を伐《き》って薪《たきぎ》をつくったりしました。そしてまもなく、いちめんの雪《ゆき》が来《き》たのです。

その人《ひと》たちのために、森《もり》は冬《ふゆ》のあいだ、一生懸命《いっしょうけんめい》、北《きた》からの風《かぜ》を防《ふせ》いでやりました。それでも、小《ちい》さなこどもらは寒《さむ》がって、赤《あか》くはれた小《ちい》さな手《て》を、自分《じぶん》の咽喉《のど》にあてながら、「冷《つめ》たい、冷《つめ》たい。」と云《い》ってよく泣《な》きました。

春《はる》になって、小屋《こや》が二《ふた》つになりました。

そして蕎麦《そば》と稗《ひえ》とが播《ま》かれたようでした。そばには白《しろ》い花《はな》が咲《さ》き、稗《ひえ》は黒《くろ》い穂《ほ》を出《だ》しました。その年《とし》の秋《あき》、穀物《こくもつ》がとにかくみのり、新《あたら》しい畑《はたけ》がふえ、小屋《こや》が三《み》つになったとき、みんなはあまり嬉《うれ》しくて大人《おとな》までがはね歩《ある》きました。ところが、土《つち》の堅《かた》く凍《こお》った朝《あさ》でした。九《く》人《にん》のこどもらのなかの、小《ちい》さな四人《よにん》がどうしたのか夜《よる》の間《あいだ》に見《み》えなくなっていたのです。

みんなはまるで、気違《きちが》いのようになって、その辺《へん》をあちこちさがしました

が、こどもらの影《かげ》も見《み》えませんでした。

そこでみんなは、てんでにすきな方《ほう》へ向《む》いて、一緒《いっしょ》に叫《さけ》びました。

「たれか童《わら》しゃど知《し》らないか。」

「しらない」と森《もり》は一斉《いっせい》にこたえました。

「そんだらさがしに行《い》くぞお。」とみんなはまた叫《さけ》びました。

「来《こ》お。」と森《もり》は一斉《いっせい》にこたえました。

そこでみんなは色々《いろいろ》の農具《のうぐ》をもって、まず一番《いちばん》ちかい狼森《オイノもり》に行《い》きました。森《もり》へ入《はい》りますと、すぐしめったつめたい風《かぜ》と朽葉《くちば》の匂《におい》とが、すっとみんなを襲《おそ》いました。

みんなはどんどん踏《ふ》みこんで行《い》きました。

すると森《もり》の奥《おく》の方《ほう》で何《なに》かパチパチ音《おと》がしました。

急《いそ》いでそっちへ行《い》って見《み》ますと、すきとおったばら色《いろ》の火《ひ》がどんどん燃《も》えていて、狼《オイノ》が九疋《くひき》、くるくるくるくる、火《ひ》のまわりを踊《おど》ってかけ歩《ある》いているのでした。

だんだん近《ちか》くへ行《い》って見《み》ると居《い》なくなった子供《こども》らは四人共《よにんとも》、その火《ひ》に向《む》いて焼《や》いた栗《くり》や初茸《はったけ》などをたべていました。

狼《オイノ》はみんな歌《うた》を歌《うた》って、夏《なつ》のまわり燈籠《とうろう》のように、火《ひ》のまわりを走《はし》っていました。

「狼森《オイノもり》のまんなかで、
火《ひ》はどろどろぱちぱち
火《ひ》はどろどろぱちぱち、
栗《くり》はころころぱちぱち、
栗《くり》はころころぱちぱち。」

みんなはそこで、声《こえ》をそろえて叫《さけ》びました。

「狼《オイノ》どの狼《オイノ》どの、童《わら》しゃど返《かえ》して呉《け》ろ。」

狼《オイノ》はみんなびっくりして、一《いっ》ぺんに歌《うた》をやめてくちをまげて、みんなの

74

方《ほう》をふり向《む》きました。

すると火《ひ》が急《きゅう》に消《き》えて、そこらはにわかに青《あお》くしいんとなってしまったので火《ひ》のそばのこどもらはわあと泣《な》き出《だ》しました。

狼《オイノ》は、どうしたらいいか困《こま》ったというようにしばらくきょろきょろしていましたが、とうとうみんないちどに森《もり》のもっと奥《おく》の方《ほう》へ逃《に》げて行《い》きました。

そこでみんなは、子供《こども》らの手《て》を引《ひ》いて、森《もり》を出ようとしました。すると森《もり》の奥《おく》の方《ほう》で狼《オイノ》どもが、

「悪《わる》く思《おも》わないで呉《け》ろ。栗《くり》だのきのこだの、うんとご馳走《ちそう》したぞ。」と叫《さけ》ぶのがきこえました。みんなはうちに帰《かえ》ってから粟餅《あわもち》をこしらえてお礼《れい》に狼森《オイノもり》へ置《お》いて来《き》ました。

春《はる》になりました。そして子供《こども》が十一人《じゅういちにん》になりました。馬《うま》が二疋《にひき》来《き》ました。畠《はたけ》には、草《くさ》や腐《くさ》った木《こ》の葉《は》が、馬《うま》の肥《こえ》と一緒《いっしょ》に入《はい》りましたので、粟《あわ》や稗《ひえ》はまっさおに延《の》びました。

そして実《み》もよくとれたのです。秋《あき》の末《すえ》のみんなのよろこびようといったらありませんでした。

ところが、ある霜柱《しもばしら》のたったつめたい朝《あさ》でした。

みんなは、今年《ことし》も野原《のはら》を起《おこ》して、畠《はたけ》をひろげていましたので、その朝《あさ》も仕事《しごと》に出《で》ようとして農具《のうぐ》をさがしますと、どこの家《うち》にも山刀《なた》も三本鍬《さんぼんぐわ》も唐鍬《とうぐわ》も一《ひと》つもありませんでした。

　みんなは一生懸命《いっしょうけんめい》そこらをさがしましたが、どうしても見附《みつ》かりませんでした。それで仕方《しかた》なく、めいめいすきな方《ほう》へ向《む》いて、いっしょにたかく叫《さけ》びました。

「おらの道具《どうぐ》知《し》らないかあ。」

「知《し》らないぞお。」と森《もり》は一《いっ》ぺんにこたえました。

「さがしに行《い》くぞお。」とみんなは叫《さけ》びました。

「来《こ》お。」と森《もり》は一斉《いっせい》に答《こた》えました。

みんなは、こんどはなんにももたないで、ぞろぞろ森《もり》の方《ほう》へ行《い》きました。はじめはまず一番近《いちばんちか》い狼森《オイノもり》に行《い》きました。

すると、すぐ狼《オイノ》が九疋《くひき》出《で》て来《き》て、みんなまじめな顔《かお》をして、手《て》をせわしくふって云《い》いました。

「無《な》い、無《な》い、決《けっ》して無《な》い、無《な》い。外《ほか》をさがして無《な》かったら、もう一《いっ》ぺんおいで。」

75

みんなは、尤《もっと》もだと思《おも》って、それから西《にし》の方《ほう》の笊森《ざるもり》に行《い》きました。そしてだんだん森《もり》の奥《おく》へ入《はい》って行《い》きますと、一本《いっぽん》の古《ふる》い柏《かしわ》の木《き》の下《した》に、木《き》の枝《えだ》であんだ大《おお》きな笊《ざる》が伏《ふ》せてありました。

「こいつはどうもあやしいぞ。笊森《ざるもり》の笊《ざる》はもっともだが、中《なか》には何《なに》があるかわからない。一《ひと》つあけて見《み》よう。」と云《い》いながらそれをあけて見《み》ますと、中《なか》

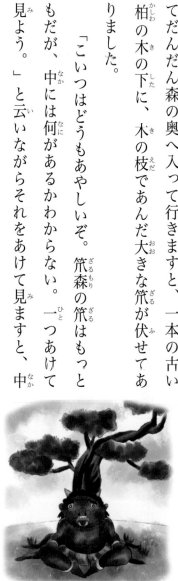

には無《な》くなった農具《のうぐ》が九《ここの》つとも、ちゃんとはいっていました。

それどころではなく、まんなかには、黄金色《きんいろ》の目《め》をした、顔《かお》のまっかな山《やま》男《おとこ》が、あぐらをかいて座《すわ》っていました。そしてみんなを見《み》ると、大《おお》きな口《くち》をあけてバアと云《い》いました。

子供《こども》らは叫《さけ》んで逃《に》げ出《だ》そうとしましたが、大人《おとな》はびくともしないで、声《こえ》をそろえて云《い》いました。

「山男《やまおとこ》、これからいたずら止《や》めて呉《け》ろよ。くれぐれ頼《たの》むぞ、これからいたずら止《や》めて呉《け》ろよ。」

山男《やまおとこ》は、大《たい》へん恐縮《きょうしゅく》したように、頭《あたま》をかいて立《た》って居《お》りました。みんなはてんでに、自分《じぶん》の農具《のうぐ》を取《と》って、森《もり》を出《で》て行《い》こうとしました。

すると森《もり》の中《なか》で、さっきの山男《やまおとこ》が、

「おらさも粟餅《あわもち》持《も》って来《き》て呉《け》ろよ。」と叫《さけ》んでくるりと向《むこ》うを向《む》いて、手《て》で頭《あたま》をかくして、森《もり》のもっと奥《おく》へ走《はし》って行《い》きました。

みんなはあっはあっはと笑《わら》って、うちへ帰《かえ》りました。そして又粟餅《またあわもち》をこしらえて、狼森《オイノもり》と笊森《ざるもり》に持《も》って行《い》って置《お》いてきました。

次《つぎ》の年《とし》の夏《なつ》になりました。平《たい》らな処《ところ》はもうみんな畑《はたけ》です。うちには木小《きご》屋《や》がついたり、大《おお》きな納屋《なや》が出来《でき》たりしました。

それから馬《うま》も三疋《さんびき》になりました。その秋《あき》のとりいれのみんなの悦《よろこ》びは、とても大《たい》へんなものでした。

今年《ことし》こそは、どんな大《おお》きな粟餅《あわもち》をこさえても、大丈夫《だいじょうぶ》だとおもったのです。

そこで、やっぱり不思議《ふしぎ》なことが起《お》こりました。

ある霜《しも》の一面《いちめん》に置《お》いた朝納屋《あさなや》のなかの粟《あわ》が、みんな無《な》くなっていました。み

んなはまるで気《き》が気《き》でなく、一生《いっしょう》けん命《めい》、その辺《へん》をかけまわりましたが、どこにも粟《あわ》は、一粒《ひとつぶ》もこぼれていませんでした。

みんなはがっかりして、てんでにすきな方《ほう》へ向《む》いて叫《さけ》びました。

「おらの粟《あわ》知《し》らないかあ。」

「知《し》らないぞお。」森《もり》は一《いっ》ぺんにこたえました。

「さがしに行《い》くぞ。」とみんなは叫《さけ》びました。

「来《こ》お。」と森《もり》は一斉《いっせい》にこたえました。

みんなは、てんでにすきなえ物《もの》を持《も》って、まず手近《てぢか》の狼森《オイノもり》に行《い》きました。

狼共《オイノとも》は九疋共《くひきとも》もう出《で》て待《ま》っていました。そしてみんなを見《み》て、フッと笑《わら》って云《い》いました。

「今日《きょう》も粟餅《あわもち》だ。ここには粟《あわ》なんか無《な》い、無《な》い、決《けっ》して無《な》い。ほかをさがしてもなかったらまたここへおいで。」

みんなはもっともと思《おも》って、そこを引《ひ》きあげて、今度《こんど》は笊森《ざるもり》へ行《い》きました。

すると赤《あか》つらの山男《やまおとこ》は、もう森《もり》の入口《いりぐち》に出《で》ていて、にやにや笑《わら》って云《い》いました。

「あわもちだ。あわもちだ。おらはなっても取《と》らないよ。粟《あわ》をさがすなら、もっと北《きた》に行《い》って見《み》たらよかべ。」

そこでみんなは、もっともだと思《おも》って、こんどは北《きた》の黒坂森《くろさかもり》、すなわちこのはなしを私《わたし》に聞《き》かせた森《もり》の、入口《いりぐち》に来《き》て云《い》いました。

「粟《あわ》を返《かえ》して呉《け》ろ。粟《あわ》を返《かえ》して呉《け》ろ。」

黒坂森《くろさかもり》は形《かたち》を出《だ》さないで、声《こえ》だけでこたえました。

78
「おれはあけ方《がた》、まっ黒《くろ》な大《おお》きな足《あし》が、空《そら》を北《きた》へとんで行《い》くのを見《み》た。もう少《すこ》し北《きた》

の方《ほう》へ行《い》って見《み》ろ。」そして粟餅《あわもち》のことなどは、一言《ひとこと》も云《い》わなかったそうです。そして全《まった》くその通《とお》りだったろうと私《わたし》も思《おも》います。なぜなら、この森《もり》が私《わたし》へこの話《はなし》をしたあとで、私《わたし》は財布《さいふ》からありっきりの銅貨《どうか》を七銭《しちせん》出《だ》して、お礼《れい》にやったのでしたが、この森《もり》は仲々《なかなか》受《う》け取《と》りませんでした、この位《ぐらい》気性《きしょう》がさっぱりとしていますから。

さてみんなは黒坂森《くろさかもり》の云《い》うことが尤《もっと》もだと思《おも》って、もう少《すこ》し北《きた》へ行《い》きました。

それこそは、松《まつ》のまっ黒《くろ》な盗森《ぬすともり》でした。ですからみんなも、

「名《な》からしてぬすと臭《くさ》い。」と云《い》いながら、森《もり》へ入《はい》って行《い》って、「さあ粟返《あわかえ》せ。粟返《あわかえ》せ。」とどなりました。

すると森《もり》の奥《おく》から、まっくろな手《て》の長《なが》い

大《おお》きな大《おお》きな男《おとこ》が出《で》て来《き》て、まるでさけるような声《こえ》で云《い》いました。

「何《なん》だと。おれをぬすとだと。そう云《い》うやつは、みんなたたき潰《つぶ》してやるぞ。ぜんたい何《なん》の証拠《しょうこ》があるんだ。」

「証人《しょうにん》がある。証人《しょうにん》がある。」とみんなはこたえました。

「誰《たれ》だ。畜生《ちくしょう》、そんなこと云《い》うやつは誰《だれ》だ。」と盗森《ぬすともり》は咆《ほ》えました。

「黒坂森《くろさかもり》だ。」と、みんなも負《ま》けずに叫《さけ》びました。

「あいつの云《い》うことはてんであてにならん。ならん。ならん。ならんぞ。畜生《ちくしょう》。」と盗森《ぬすともり》はどなりました。

みんなももっともだと思《おも》ったり、恐《おそ》ろしくなったりしてお互《たがい》に顔《かお》を見合《みあわ》せて逃《に》げ出《だ》そうとしました。

すると俄《にわか》に頭《あたま》の上《うえ》で、

「いやいや、それはならん。」というはっきりした厳《おごそ》かな声《こえ》がしました。

見《み》るとそれは、銀《ぎん》の冠《かんむり》をかぶった岩手山《いわてさん》でした。盗森《ぬすともり》の黒《くろ》い男《おとこ》は、頭《あたま》をかかえて地《ち》に倒《たお》れました。

岩手山《いわてさん》はしずかに云《い》いました。

「ぬすとはたしかに盗森《ぬすともり》に相違《そうい》ない。おれはあけがた、東《ひがし》の空《そら》のひかりと、西《にし》の月《つき》のあかりとで、たしかにそれを見届《みとど》けた。しかしみんなももう帰《かえ》ってよかろう。粟《あわ》はきっと返《かえ》させよう。だから悪《わる》く思《おも》わんで置《お》け。一体盗森《いったいぬすともり》は、じぶんで粟餅《あわもち》をこさえて見《み》たくてたまらなかったのだ。それで粟《あわ》も盗《ぬす》んで来《き》たのだ。はっはっは。」

そして岩手山《いわてさん》は、またすましてそらを向《む》きました。男《おとこ》はもうその辺《へん》に見《み》えませんでした。

みんなはあっけにとられてがやがや家《うち》に帰《かえ》って見《み》ましたら、粟《あわ》はちゃんと納屋《なや》に戻《もど》っていました。そこでみんなは、笑《わら》って粟《あわ》もちをこしらえて、四《よ》つの森《もり》に持《も》って行《い》きました。

中《なか》でもぬすと森《もり》には、いちばんたくさん持《も》って行《い》きました。その代《かわ》り少《すこ》し砂《すな》がはいっていたそうですが、それはどうも仕方《しかた》なかったことでしょう。

さてそれから森《もり》もすっかりみんなの友《とも》だちでした。そして毎《まい》年《ねん》、冬《ふゆ》のはじめにはきっと粟餅《あわもち》を貰《もら》いました。

しかしその粟餅《あわもち》も、時節《じせつ》がら、ずいぶん小《ちい》さくなったが、これもどうも仕方《しかた》がないと、黒坂森《くろさかもり》のまん中《なか》のまっくろな巨《おお》きな巌《いわ》がおしまいに云《い》っていました。

中文翻譯

狼山、笊籬山和盜賊山

宮澤賢治

在小岩井農場的北方，有四座長滿黑松林的小山❶。位於最南端的是狼山，接著是笊籬山，再其次是黑阪山，位於北端最邊緣的則是盜賊山。

這些小山究竟是在何時、又為何形成的？為什麼會取這樣詭異的名字呢？有一天，黑阪山上最巨大的岩石很驕傲地說，有關這些問題的始末，只有他一個人最清楚，並把這整個故事說給了我聽。

很早很早以前，岩手山曾經噴發過很多次。火山灰把周遭整個覆蓋住了，據說這塊黑漆漆的巨岩，同樣也是從山裡頭被噴出來，才會掉到現在這個地方的。

當整個噴發過程沉寂下來時，漸漸地從南邊開始，在原野、山丘等地方，慢慢地長出了些有穗、沒穗的野草，到後來四周都長

得滿滿的，接下來松樹、柏樹也都生長了出來，最後，終於形成了如今這四座小山林。但是當時小山還沒取名字，只是各自任意地自己認為我就是我而已。在那狀況下，

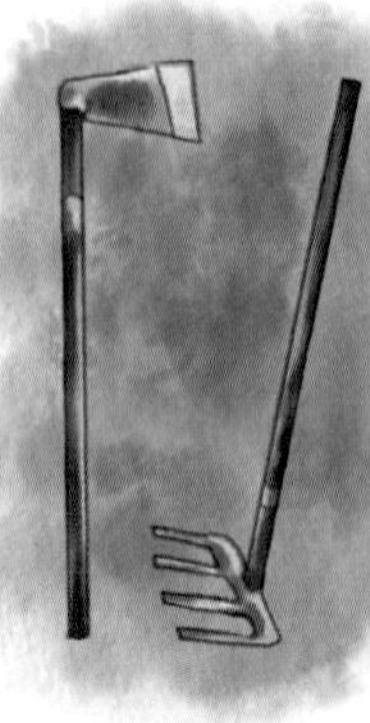

某年秋天的某一日，冷冽如水的透骨寒風，將柏樹的枯葉吹得沙沙作響，流雲在岩手山的銀冠上，輪廓清晰地投映出黑色的影子。

四個穿著簑衣❷的農夫，把開山刀、三齒耙、鋤頭等所有山上及原野用的武器，全都紮紮實實地捆綁在自己身上，越過了東邊佈滿銳利稜角燧石的山頭，緩緩地來到了這個被小山環繞的小平原。細看，每個人身上都還插帶著大刀呢。

前頭領隊的農夫伸出手來，隨處指著四周像幻燈片一樣的景色給大家看，他說：「怎樣，地方挺好的吧？馬上可以開田闢地，又靠近小山丘，還流著乾乾淨淨的水，加上日照又足。如何？我可是早就決定好這個地方了！」此時其中一個農夫邊說著：「但是地質究竟如何呢？」邊蹲下來拔了一根芒草，把根部上的泥土搖落在手掌心，先用手指頭揉了一揉，再放點進嘴裡嘗了嘗說：「嗯，這地質雖然說不上特別好，倒也不算差喔！」

「好，那就決定這兒了吧！」

另外一個人帶著心動的眼神，一邊環顧四周一邊這樣說。

「好，就這麼決定吧！」在這之前一直站著，保持沉默的第四個農夫也說話了。

於是四個人碰的一聲，非常高興地把背上的重物卸了下來，然後向著一路走來的方向高聲喊道：「喂！喂！在這兒啦！快過來！快過來！」

緊接著從對面的芒草群中，有三個身上背滿了行李，滿臉漲得通紅的婦人走了出來。細看之下，還有九個不足五、六歲的孩子，開心地喊叫著，正跟隨在後面跑了過來呢！

全員到齊後，四個男人各自隨意地選了一個方向齊聲高喊。

「可以到這兒來開墾農地嗎？」

「好啊！」小山齊聲回答。

大家又喊。

「可以在這兒蓋房子嗎？」

「可以！」小山異口同聲地回答。

大家又聲音齊整地問。

「可以在這兒升火嗎？」

「好啊！」小山異口同聲地回答。

大家再進一步追問。

「可以拿您一點木材嗎？」

「可以！」小山齊聲回答。

男人們高興地鼓起掌來，剛才一直神情緊張，安靜無聲的女人和孩子們，隨即跟著歡欣地嘻鬧了起來，一會兒是孩子們高興過了頭吵起架來，一會兒又是女人們霹靂啪啦地揍起那些孩子，熱鬧極了。

那天，到了傍晚，覆蓋著萱草的小小圓木屋已經完成了。孩子們開心地在房子四周飛奔跳躍著。第二天起，小山就看到眾人像發瘋似地，奮發工作的景象了。男人們剷除著原野的雜草，不停地揮舞著自己的鋤頭，發出閃閃的光影；女人們則忙著收集那些沒被野鼠和松鼠帶走的栗子，還砍下松樹劈成柴火。跟著不久，雪已然下了一地。

為了保護這群居民，小山整個冬天都很努力地為他們擋住從北方吹來的寒風。儘管如此，小一點的孩子還是很怕冷，經常會一邊將紅腫的小手摀在自己的喉嚨上，一邊哭喊著「好冷喔！好冷喔！」

到了春天，小屋已變成了兩間。

而且，蕎麥和稗子也已播種。蕎麥開出白色的花，稗子結出黑色的穗。總之那一年的秋天，穀物就是那麼結實累累的！新農地也增加了，當小屋變成三間的那一刻，大伙兒真是太高興了，連大人的腳步都變得輕快了呢！然而，在一個泥土凍結得硬綁綁的早晨，九個孩子中年紀較小的四個，不知道為什麼在一夜之間不見了蹤影。

大家簡直像著了魔似地，翻遍各方四處尋找，就是不見孩子們蹤影。

無奈之下，大家又各自對著任意的方向，齊聲喊了起來。

「有沒有人知道孩子們的去向呀？」

「不知道！」小山一起回答。

「那麼，我們就過去你們那兒找了喔！」大家再次高喊。

「來吧！」小山一起回答。

於是大家就帶著各式各樣的農具，先前往最靠近的狼山。

一走進小山，馬上就有股濕冷冷的寒風跟腐爛葉子的味道，猛然向大家襲來。

大家持續地往山中挺進。

就在那時候，從小山深處傳來一種霹靂啪啦的聲響。

大家趕忙往聲音方向跑去一看，只見透明的玫瑰色火燄正在熊熊地燃燒，火堆周圍有九匹野狼，不停地轉著圈圈，又走又跳地踩著舞步哪！

慢慢地往前就近一看，只見失蹤的四個孩子，正面向火堆吃著烤熟的栗子和野菇呢！

野狼全都唱著歌，就像夏天的走馬燈❸似地，環繞在火堆周圍奔跑。

在這狼山的正中央
火勢熊熊霹靂啪啦
火勢熊熊霹靂啪啦
栗子滾滾霹靂啪啦
栗子滾滾霹靂啪啦

當下，大家異口同聲地高喊：

「野狼們！野狼們！把孩子還給我們吧！」

野狼全被嚇了一跳，立刻停止歌唱，歪起嘴巴轉頭望著大夥兒瞧。

緊接著火突然熄滅了。看到周遭驟然由明亮轉暗藍，變得蒼茫寂靜，火堆旁的孩子們哇地一聲大哭了起來。

野狼不知所措地將那眼珠子咕嚕嚕地轉了好一會兒，終究還是一起拔腿往山林深處逃竄去了。

眾人把握這個時機，拉著孩子們的手，正準備要走出林子時，聽到野狼們在山林深處喊叫著說：「請不要見怪！我們可是請孩子們吃了好多好多栗子啦、野菇之類的呦！」於是，眾人回到家後就做了粟米麻糬，送到狼山擺著當回禮。

春天來了，孩子也變成了十一個，還新來了兩匹馬。農田因為野草、腐朽的落葉和著馬肥一起加入，粟米跟稗子們都長得煞是青翠挺拔，而且到了秋末也有了很好的收成，大家的歡欣可真是無法形容。

然而就在一個凍結出霜柱的冰冷早晨，因為今年又新墾了原野，拓寬了農田，所以那天早晨大家也照常準備去上工。但是，當他們在尋找農具的時候才發現，每一家的開山刀、三齒耙、鋤頭全都不翼而飛了。

大家拼命地把周遭都快翻遍了，卻怎麼也找不著。百般無奈之下，就各自選了一個方向，一起高聲喊叫。

「有沒有看到我們的工具呢？」

「不清楚耶！」小山異口同聲地回答。

「那我們就去你們那邊找囉！」大家喊道。

「來吧！」小山一起回答。

大夥兒這次什麼都沒帶，成群結隊地趕往小山林。首先去的是距離最近的狼山。

才剛到，那九匹野狼立刻就現身了，全都連忙著搖手，用很認真的表情辯解說：「沒有，沒有，絕對沒有，沒有！要是你們其他地方找不到的話，再過來吧！」

大家覺得這話說得倒挺合理的，就接著往西邊的笊籬山去。漸漸深入山裡頭之後，發現在一棵古老柏樹底下，倒蓋著一個用樹枝編成的大笊籬。

「這東西看來有些古怪喔！雖說

笊籬山有笊籬是天經地義的事，但是不知道裡面裝的是什麼？打開來看看吧！」一邊說邊打開來一看，不見了的九件農具，赫然全都完整地擺在裡頭！

不光是這樣，在正中央處盤腿坐著一個金色眼睛大紅臉的山男❹。而且當他見到眾人時，還張開他那超大尺寸的嘴巴，傻傻地叫了一聲「叭！」

孩子們驚叫著想逃跑，大人則絲毫沒有動搖，齊聲地說：「山男，從現在開始你別再惡作劇啦！千萬拜託喔！以後你可就別再惡作劇了啦！」

山男非常不好意思的樣子，搔著自己的頭站了起來。眾人各自拿起自己的農具，準備要走出小山林。

此時，就在這山林裡，剛才的山男大叫了一聲：「也給我帶來些粟米麻糬嘛！」隨即便轉身背對大家，用手遮掩著自己的頭，往林子更深之處鼠竄而去。

大家都哇哈哇哈地大笑著回到家裡去了，然後又做了粟米麻糬，拿去狼山和笊籬山擺著。

到了第二年的夏天，所有的平地都已化成了農田，住處也增加了小小的木屋，還建了個大大的倉庫。

還有馬也變成了三匹。那年秋天大家收割時的喜悅之情，可真是非比尋常！

大家心想，今年就算要做再大的粟米麻糬，也肯定沒問題。

然而，不可思議的事情還是發生了。

在一個遍佈寒霜的清晨，倉庫中的所有粟米悉數全沒了影蹤。

大家全都六神無主了，雖然拼了死命在附近一帶尋找奔走，但每個地方情況都相同，連一粒米掉落的痕跡都找不到。

眾人心灰意冷了起來，隨便找了個方向就高聲喊叫了起來。

「有誰知道我的粟米在哪嗎？」

「不知道耶！」小山異口同聲地回答。

「那我們要過去找了喔？」大家高聲地喊。

「來吧！」小山一起回答。

大家各自任意拿起帶柄的農具❺，就先往最靠近的狼山前進。

狼群們總共九隻，早就一起出來等在那兒了，而且一看到大家便噗地一聲笑了笑說：「今天又有粟米麻糬可以吃了！我們這兒沒有什麼粟米啦！沒有，沒有，絕對沒有！要是到其他地方也找不到的話，再過來這兒吧！」

大家覺得野狼說的有理，就離開那裡了。這一次前往的是笊籬山。

紅臉山男已經出來在小山入口等著了，還嘻皮笑臉地咧著嘴說：「粟米麻糬！有粟米麻糬吃了！我是絕對不可能❻偷拿的。想找粟米的話，你們應該要再往北去看看才對。」

眾人覺得這番話具可信度，於是就轉往北邊的黑阪山，也就是說這個故事給我聽的小山。一到了入口處大家劈頭就喊：「還我粟米來！還我粟米來！」

黑阪山並沒現身，只是出聲回答。

「今天黎明的時候，我看到一隻烏漆抹黑的大腳，劃過天空向北飛去，你們再稍往北方看看吧！」至於粟米麻糬的事，則是連一個字兒都沒提。

聽到這裡，我覺得情況應該是那樣準沒錯。為什麼呢？因為當這座小山對我說完這個故事的時候，我曾從錢包裡將所有銅板七文錢全拿了出來，想當作謝禮送給他。但是這座小山無論如何就是不肯接受，他就是這樣，擁有一個乾淨俐落的性格！

話說大家都覺得黑阪山說的話既可信又有道理，就再稍稍往北前行。

那就是滿山松樹全都黑漆漆的盜賊山！所以眾人就邊說：「光聽名字就小偷味十足了！」邊進入山林，還怒吼道：「快把粟米還來！粟米還來！」

這時從小山裡面，走出來一個既黑漆漆、手又長，個頭還大得不得了的男人，用簡直是震耳欲聾的聲音吼著說：「說什麼鬼話呀！竟敢說老子是小偷！說這話的傢伙，老子把你們全揍扁！憑啥證據敢來瞎掰？」

「有證人喔！我們有證人！」大夥兒回答。

「誰？畜生！鬼扯的人是誰？」盜賊山咆哮了起來。

「是黑阪山！」眾人也不甘示弱地吼回去。

「那傢伙說的話哪能信！不能！不能！絕不能！畜生！」盜賊山狂罵。

大夥兒又是覺得有些道理，又是心生恐懼地面面相覷，一心只想往外逃。

這時，突然從頭頂上傳來：「不不，不可以這樣！」是個清晰而莊嚴的聲音。

一看才知道，原來是頭戴銀冠的岩手山；而盜賊山的黑漢子，則是抱著頭癱在地上了。

岩手山口氣平和地說：「小偷確實是盜賊山沒錯。破曉時分，我藉著東邊天際的晨光，以及西邊月亮的餘光，確實把一切都看得一清二楚。但是，現在各位也已經可以放心地回家去了，粟米我一定會讓他還回去的！所以請大家不要怪罪於他。歸根究柢，盜賊山是想要親手試做粟米麻糬，想到控制不住自己了吧！因此才會把粟米偷了過來。哈哈哈！」

說完後，岩手山又再次莊嚴肅穆地面向天際，而男人早已從周遭消失了。

大夥兒被這些意外嚇得目瞪口呆，議論紛紛地回到家中一看，粟米都已確實地回到倉庫裡了。於是大家便滿心歡喜地做了粟米麻糬，分送到四座小山林裡去。

當中送最多的就屬盜賊山了。但是聽說相對地裡頭也參雜了些許細砂，無論是疏忽或是故意，這點人性表現應該算是一種難以避免的無奈吧！

在那之後，小山林也完全成了大家的朋友，而且在每年入冬的時節，必定會收到粟米麻糬。

但是那些粟米麻糬，也隨著時代的更迭變小了很多，這應該又是一個難以避免的無可奈何吧！

黑阪山正中央那塊漆黑巨大的岩石，在最後下了這樣的結論。

註

❶原文「森」字在日本原本是森林的意思，但在作者家鄉一帶，慣於把小山稱為「森」。

❷原文「けら」是指用茅草、莎草編的雨衣。

❸走馬燈：在作者那個年代，夏天的祭典常會賣走馬燈，因為它的透明感顯得清涼，與風鈴同為夏日的風物詩。

❹山男：指居住、工作於山中的男人或登山愛好者，此處指的是山中的男性怪物。

❺原文「え物」在此並非收穫、獵物之意，而是指有柄農具。

❻原文「なっても」＝けっして是絕對的意思。

《新美南吉》愛知縣

又是做自己最不擅長的事——「起個大早」（清晨四點半夠早吧？）。摸黑、搭車、換車，到東京站搭七點十分的「東海道・山陽」新幹線「希望」號（「のぞみ号」是此線最快列車）前往名古屋。這次車上除了便當外，最開心的莫過於搭上了最新式車廂，還有頂著銀髮，顯得更神聖的富士山與我相伴。約莫一小時又四十分鐘就到名古屋了。來不及逛這個相當廣闊有趣的大車站，就直奔名鐵名古屋站，趕搭九點十一分前往河和的特快，如此可以少換一次車。途中在太田川站換搭河和線，終於在九點四十二分到達了新

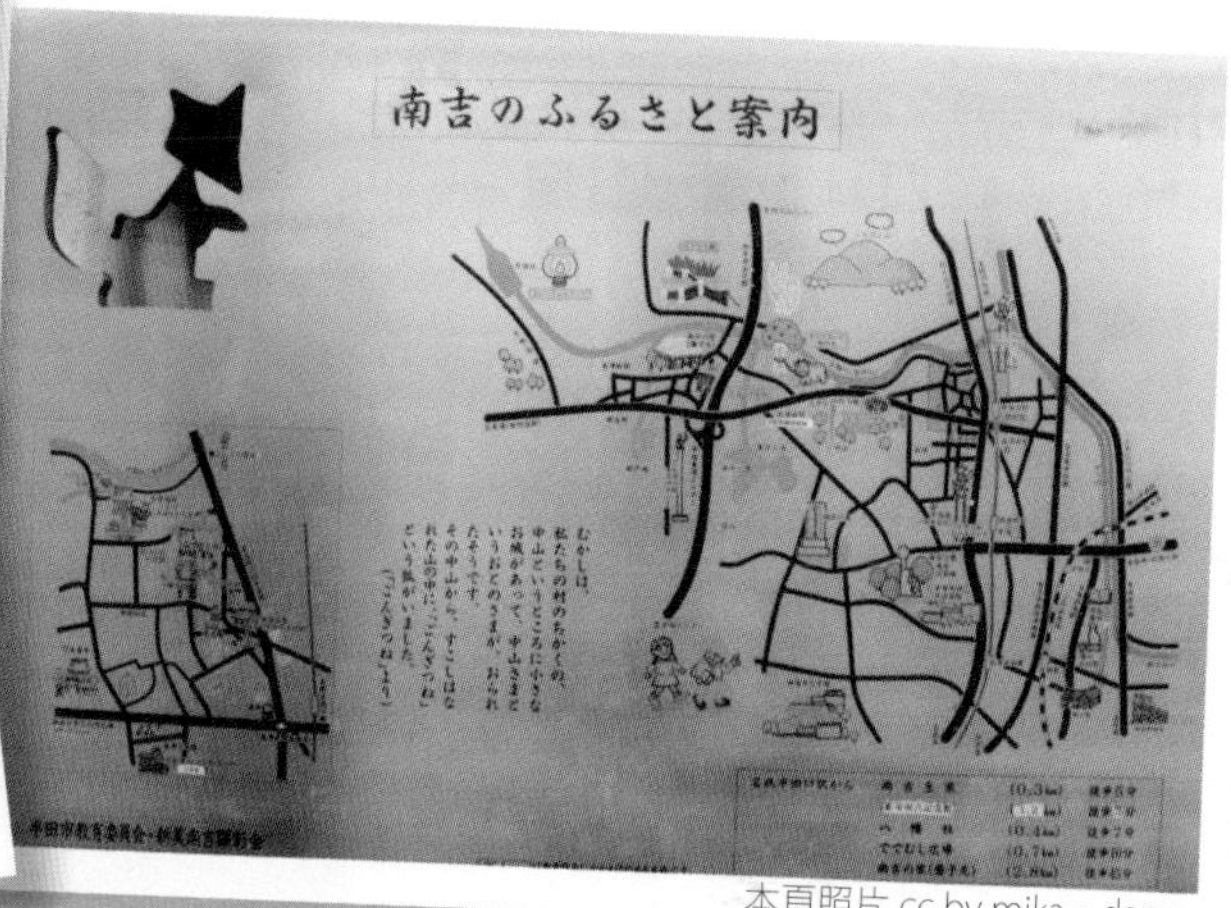

本頁照片 cc by mika・danny

美南吉的家鄉「半田口」站。一下車，就看到了有著狐狸標誌的導覽看板，上頭有著看起來似乎不難走的地圖，親切得叫人增加些許信心。

走出車站，馬路邊又有明確的標示，使人覺得很容易到達目的地，果然不到五分鐘就找到了新美南吉出生的家。看起來是間一般的日本木屋建築，只是在屋的兩端以及拉門與拉門間，各自多了一道大約七、八十公分寬，不太常見的裝飾隔板，整體給人質樸可親的感覺。我先選擇左手邊較為寬廣的一邊進入。突然，我的眼睛不由得為之一亮，整個睡意都不見了。好一間古雅可愛的木屐店啊！

是新美南吉繼母開的，小茶壺、紙燈籠、老掛鐘，每樣陳設不是豪華，但都帶著懷舊的溫馨。特別引人注意的是一個湛藍色的火盆，聽說是新美南吉抱病窩在那兒，趕寫〈狐〉等最後作品的地方。木屐賣場後方用紙門隔著的小房間，應該就是臥房了。

最特別的是隔間的方式！原來剛才在屋外看到的，拉門與拉門間的裝飾隔板，在屋內是道隔牆。屋內還利用牆預留的厚度，設計了好似日本家庭美術館「床間」的空間。不同的是這個「床間」，底座加高到可以當椅子坐，而且擺了個窄長低矮的茶几，簡直就是個可以跟客人喝茶小聊的好地方。不同的是一般的「床間」擺設的是字畫掛軸，而這裡座上擺的是展示櫃，牆上掛的是新美南吉的照片與資料。變形「床間」旁還挖出了一個長方形的洞口，可以看得見新美南吉父親渡邊多藏開的榻榻米店。這個長方洞，可以互通聲息、互相關照、遞個茶水什麼的，遇到急事還可以來個直接跨越呢，真有夠方便的。

本頁照片 cc by mika、danny

現在讓我們把視線再拉回木屐店去。紙糊的御神燈下後方，其實還開了一個洞口，連著一個小樓梯。下了小梯，是個別有洞天的廚房。狹長細窄的空間，竟包含了儲藏室、爐竈、幫浦水井、清洗台、後門窗和餐廳，不可思議的驚嘆，接二連三地在我的腦袋中此起彼落。

原來古早日本，順著街道建築的小屋常有這樣的形式。從馬路上看是單層房，進入裡面其實是兩層樓。整個小屋很立體，像是個可以玩抓迷藏的遊樂屋。無論是在機能、創意、趣味性，各方面都太強了，而且還帶著一種俏皮的夢幻與美感，讓我在裡頭真的玩得很開心。

走出屋外，緊鄰榻榻米店，有間廁所，廁所旁豎立著新美南吉的俳句碑。隔著馬路的右斜前方有個石造燈籠，是日本早時的路燈，隨處都有，叫做常夜燈。這是新美南吉小時候玩耍的地方，他

本頁照片 cc by mika・danny

本頁照片 cc by mika・danny

也在這裡得知了自己將被收養。他八歲時正在此處遊戲時，突然被告知因舅父過世無後，母系家僅剩祖母一人，所以他必須前往已過世的生母娘家當養子。雖然新美南吉因為適應不良，只在祖母家住了五個月左右，就又回到這個「生家」生活；但終其一生，他捨棄「渡辺」改姓「新美」，在戶籍上是新美家的戶長。

接著要看的是〈權狐〉中，兵十捕鰻魚的場景，也就是離新美南吉家很近的矢勝川。矢勝川是條河寬不到五公尺的窄流，難怪可以用十公尺左右的「待網」，橫跨兩岸埋伏捕魚。很可惜現在是寒冬，如果在秋天的九月來的話，可以看得到沿岸百萬株的彼岸花，一起怒放出連綿兩公里的紅色地毯，如此一定更能感受得到故事中兵十母親喪禮時那淒美的情境。站在河岸邊，可以清楚地看見一座被樹林覆蓋的小山丘——權現山。在新美南吉小的時候，那一帶住有狐狸，所以被推定為〈權狐〉命名的出處，也是小權挖洞獨居的地方。

這時，如果您跟我一樣，覺得已不虛此行的話，那可是還太早。因為這四周還有很多跟新美南吉的成長或作品相關的景點，例如常福院、八幡社、光蓮寺、舊墓地等等。而且意外的是這些景點，彼此都比想像的要近很多，再加上巷弄窄小，蜿延交錯，民家也大都顯得很乾淨迷你，整個行程就像穿梭於小人國的迷宮，叫人絲毫不覺得累，只覺得挺有趣的。

我帶著一份愉快的心情，往新美南吉紀念館前進。途中順道拜訪了新美南吉的母校，也是他在十八歲時，當過五個月代課老師的岩滑（やなべ）小學。這裡曾是他〈貧窮少年的故事〉、〈謊言〉等作品的場景，他常唸自己的作品給孩子們聽。校內立有「權狐碑」、「落葉詩碑」，想參觀須要事先和校方聯絡。

新美南吉紀念館坐落在童話森林中，建立於作者誕生八十周年，逝世五十周年的一九九四年（平成六年）。館內設有展示廳、閱覽室、會議室、工作室等，讓訪客更能親近新美南吉的文學世界。館內並有辦公室與收藏庫，整理傳承作者的資料。相傳這個童話森林，正是〈權狐〉童話裡的中山城遺跡。

首先，值得一提的是紀念館的外觀。遠望只見弧線型屋頂若隱若現，潛藏在綠色草地中翻著波浪。這種融入四周景緻的隱藏式設計，在日本建築界雖然不算首創，但建築本身很有現代感，也頗具震撼力，被許多建築雜誌爭相介紹過。設計者是由參與比賽的四百二十一位競爭者中，脫穎而出的「新家良浩建築工房」。

展示廳以一尊寫實的新美南吉塑像做為開場。館內用作者不同階段的照片、日記、手稿、獎狀、遺物等實物，交織著時代

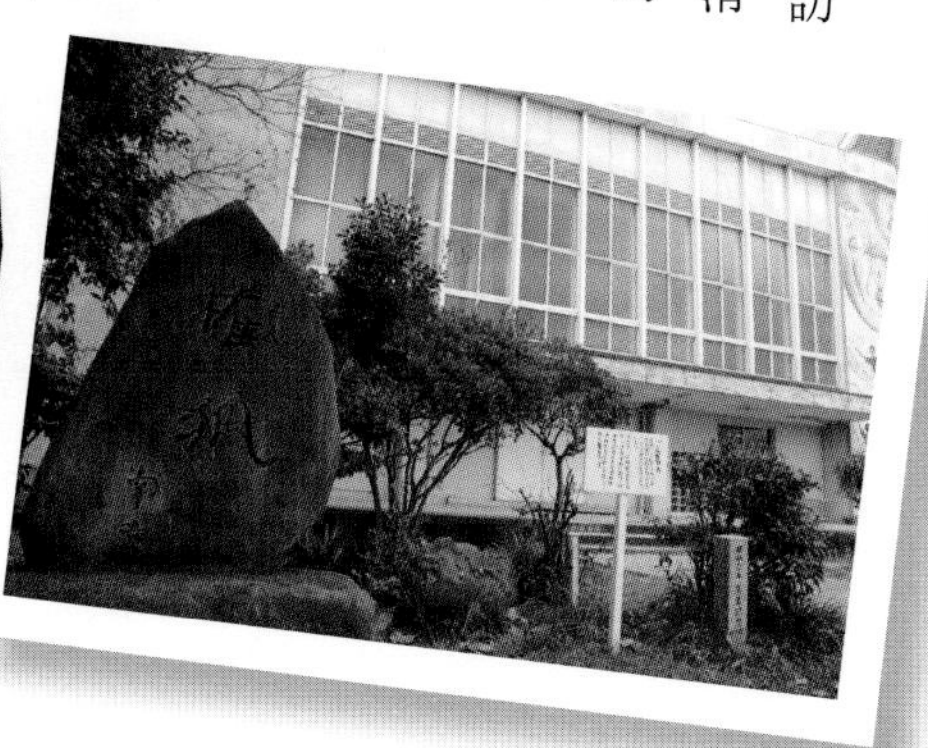

本頁照片 cc by mika・danny

cc by mika・danny

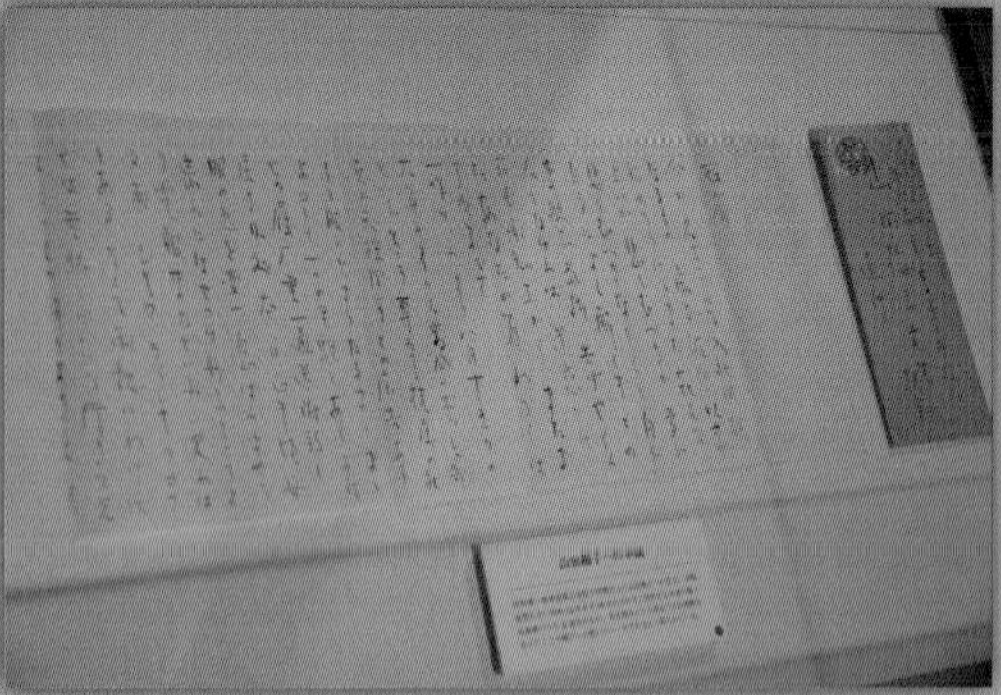

cc by mika・danny

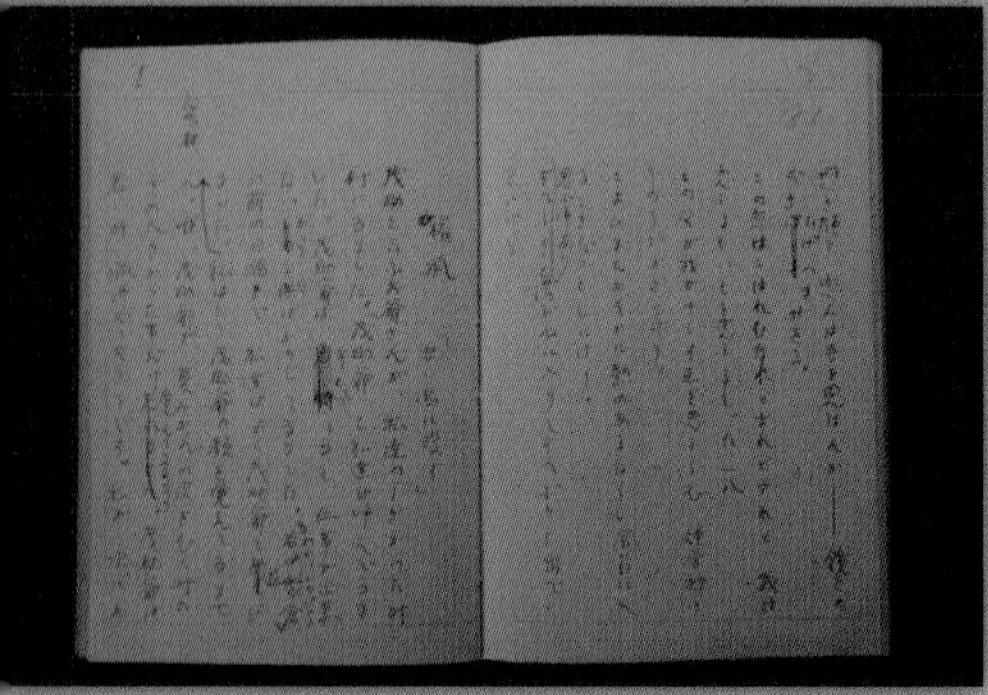

cc by mika・danny

新美南吉紀念館提供

背景做介紹，讓人很容易掌握新美南吉的生涯軌跡與心路歷程。另外，除了視聽區與錄影帶播放外，還將〈權狐〉、〈爺爺的煤油燈〉等六部名作做成立體模型展示，可以看得出館方對小朋友與剛進入新美南吉世界的訪客，所付出的誠意與用心。

出口處有個小小的咖啡屋，賣著以作者和狐狸為主題的紀念品。

至於童話森林是個小山丘，很快就可以繞完一圈了。裡頭有些新美南吉文學紀念造景，供遊客回味、拍照。雖然滿想逗留休息一下，但因為已經跟新美南吉的「養家」約好了時間，只好趕緊離開。

「養家」離紀念館約一公里半，離「生家」就要約三公里了。由於是單一景點，又地處文學散步中心的偏遠地

本頁照片 cc by mika · danny

區，平日甚少人造訪，所以最好先打通電話確認。而且因為時值十二月下旬，又冷又要忙著過年，所以「養家」通常都休息不開。我出發前打電話確認時運氣很好，正好遇上有熱心義工還沒離開，又願意特別為我開門。為了不辜負對方盛情，我也不敢輕慢，風塵僕僕地趕路赴約。

說到風塵僕僕絕不誇張！一路上偏僻空曠鮮有人跡，刺骨寒風挾著砂塵猛如刀劍，只能說很刺激，可一點兒也談不上舒服。而且標示又少，就算很擔心走錯路也沒人可問。好不容易看到路標，進入村莊，依然是幾經周折才到了新美南吉養家，當看到解說員義工已經在颳著寒風的院落中等著我們，不禁心頭一暖。

新美家果然曾經是富農，房子相當大。當時孤苦伶仃，為了傳宗接代而領養新美南吉的祖母，因為是繼室，所以與新美南吉並無實際上的血緣關係。再加上偌大的房舍內，人丁不旺又幽暗陰沉，新美南吉終究熬不到五個月就回到了生家。但後來這兒時的回憶，卻也常鮮

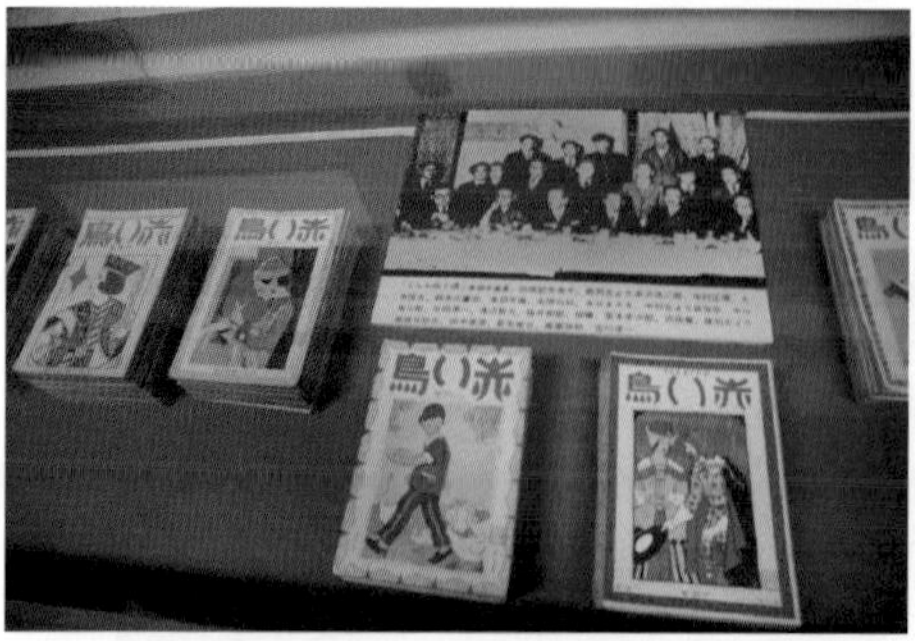

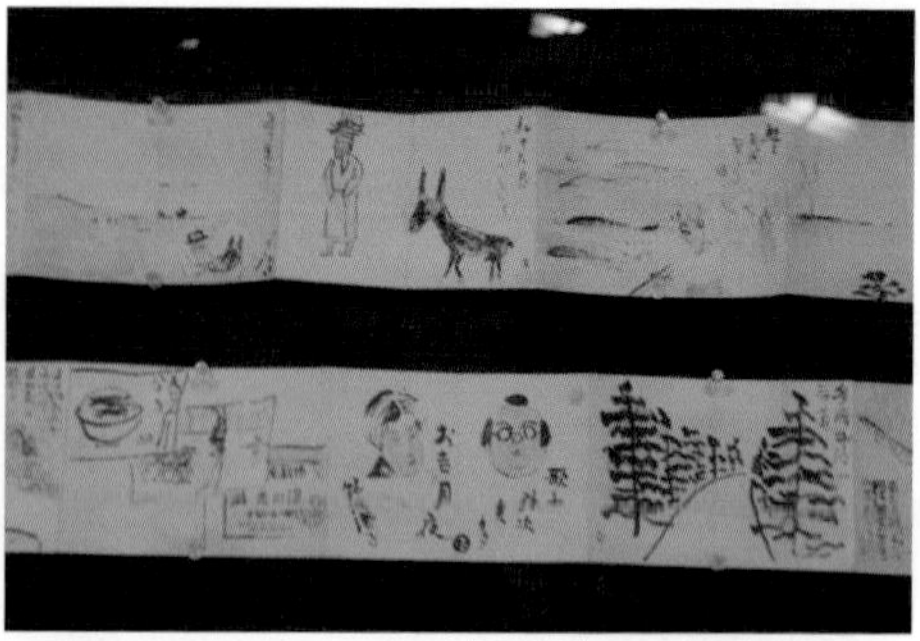

本頁照片 cc by mika・danny

明地出現在他的作品中。比如被書法家抄寫在壁櫥紙門上的新美南吉的〈平假名的幻想〉一文中，連著出現的幾個詞彙「壁櫥」、「水井」、「爐竈」等，正是祖母家的寫照。

不僅如此，誠如許多評論家所提到的，這段八歲時孤寂又充斥不安的經歷，不論對新美南吉性格的形成或作品特質，都有顯而易見的深刻影響。

房舍後頭有一個倉庫，現在已改成資料美術室，裡面除了可以看到一些藝術家為新美南吉創作的作品外，還能看到許多新美南吉親筆手繪的毛筆圖文，以及當時兒童文學權威的整套《紅鳥》雜誌，這可是意外的收穫。離開時我心想，如果新美南吉生長在現在，說不定會是個很好的圖文作家呢！

在歸途中特意去看了兩個地方。一個是新美南吉長眠的所在——北谷墓地；一個則是新美南吉文學萌芽的地方——半田高中。到北谷墓地除了悼念英年早逝的新美南吉之外，最主要是想看看〈權狐〉中，小權曾經藏身其後的「六地藏」。這六地藏是從舊墓地遷徙過來的，被放在墓園入園處的左手邊。六尊地藏比原來想像的小很多，最大的不超過一公尺，而且還並列了許多其他的地藏，其實已經分不清，那些才是書中出現的實物了。

半田高中離墓地不遠，校內有兩個有關傑出校友新美南吉的紀念景點。除了新美南吉高中三年級在日記上，抒發自己對文學的抱負的石刻碑文外，還有二〇〇八年由新美南吉高中校友贈與的「少年與小權」雕像，以紀念新美南吉在此展開了他的文學創作人生，並於在校期間，寫下了日本人家喻戶曉的名作〈權狐〉。

雖然時值休假，還是看到了幾個新美南吉的學弟、妹們。秀氣而稍顯青澀的臉龐，透著日本年輕人獨有的甜味。讓我彷彿可以依稀捕捉到新美南吉剛開始創作時的神情與模樣，應該跟這校園的氛圍十分貼切。回程時，夕陽穿透了校中層層疊疊的枯枝，揮灑出金色的光芒。

這次的新美南吉家鄉一日遊，就像是循著地圖，在日本民間故事裡漫遊一般。而在結束的最後一刻，能同時看到新美南吉的「結尾」與「原點」，為這次文學旅程留下了不可思議的餘韻。

《宮澤賢治》岩手縣

想為讀者寫一篇貼近真實的報導，決定親自走一趟「宮澤賢治紀念館」（位於岩手縣）。宮澤的作品與他的家鄉有著密不可分的關聯，實地走訪確實有非去不可的必要性，加上自己對日本東北地方根本不熟，岩手縣更是從沒去過的新鮮地，所以特別懷有一份莫名的期待。

去的方法雖然多，但時間只允許我當日來回，因此必須採取最快速的方式，那麼就只有新幹線與國內航線兩種選擇了。由於花卷機場只與札幌、名古屋、大阪三大城連線，搭了飛機後還必須換車，比較之下，新幹線不僅直接停靠新花卷站，且距離目的地最近，所以沒經多想，就敲定以東北新幹線作為此行的交通工具。

cc by HAMAGAKI Seiji

從東京出發，約莫三個小時就抵達新花卷站。從月台下車站的電扶梯上，我一眼就瞥見了站前左方，有個用「山貓軒」命名的白色建築物，因為正翻譯完〈要求特別多的餐廳〉，不由得為這巧合開心了起來。到了車站大廳，馬上映入眼簾的是一些以宮澤世界為主題的招牌，整個感覺就像是宮澤賢治的主題車站。

走出車站迎面看到的，是一個以宮澤著名童話〈大提琴手葛修〉為主題的環境藝術牆。在高聳於碧空的落葉木襯托下，顯露出一種肅穆的優雅，對照四周的環境，可以嗅出一股在空曠中散發著的強大吸引力。靠近牆面細看，拉著大提琴的主角，以及跟他產生溫馨交流，並提升了葛修本身音樂技巧、思維境界的動物們的浮雕，都製作得十分精巧可愛。正看得入神，突然揚起故事中舒曼的《夢鄉》（Träumerei）樂曲，一種浪漫的驚喜，頓時在四周飄蕩開來。這兒的確是值得佇足凝視的好景點！

冷冽清新的北方空氣好像穿腦的薄荷，讓人精神抖擻，目光一亮。偶爾才會點綴一兩間民房或小店的東北鄉野，跟台北、東京有著明顯的不同。眼前一片寬廣，踩在地面的感覺既輕鬆又踏實；不時出現的路標、漫畫式地圖，不只能讓旅人褪去寂寥的落寞，實際上也發揮了很好的引導效果。沒經太久轉了個小彎，眼前豁然開朗，出現了經人工整理得非常寬暢雅致的景象。

大馬路左手邊第一個看到的是「花卷市博物館」，再走個幾步，則是「宮澤賢治童話村」的入口指標；而右手邊隔著大馬路與它對望的，正是「宮澤紀念館　胡四王神社」的登山參道，而宮澤紀念館就位在往神社的途中。因為山路有點陡，所以難免會氣喘吁吁，好在沿路都有十五公尺左右高的杉樹，及枝椏光禿卻嶙峋有致的老樹一路相陪，邊走邊休憩的閒適，讓走起來的感覺沒那麼吃力。有時，在那灰濛濛的直線與不規則線交錯的自然水墨畫中，會添上幾棵蒼勁有型的老松，如果不是走在如此乾淨的柏油路上，真會誤以為是置身在〈要求特別多的餐廳〉故事裡的深山呢！

從車站到登山口大約十多分鐘的路程，再從登山口走到紀念館，也只要近十分鐘的時間。抱著欣賞美景與健身的心情，一路走來盡是出遊好心情。紀念館坐落於寬廣平坦的山腰上，與剛才登山口處一樣是三足鼎立的建築結構。不同的是，這次看到的是歐式童話小屋般的廁所、「山貓軒」、還有今天的主題「宮澤賢治紀念館」。

紀念館於一九八二年（昭和五十七年）九月二十日開館，也就是宮澤逝世五十周年的「宮澤賢治祭」的前一天。紀念館建於宮澤曾經勤於走動的胡四王山南側，是幢日式平房建築，整體環境給人一種認真經營的感覺。但唯一讓我扼腕的是，館內明顯地寫著斗大「不准攝影」的警語。

啊，殘念！

館內雖不能拍照，但是館外有一些藝術作品，如「よだかの星」等等仍是可拍照的。

館內展示廳主要分成「時代・地域・家庭、信仰、科學、藝術、農村、總合、資料、世界注目的宮澤賢治宇宙」等八大展區，來呈現宮澤賢治的整體形像。在入口的說明告示板上，以很誠實謙虛的口吻寫著：「因一九四五年（昭和二十年）花卷遭到空襲，大多數遺物已遭焚毀，所以宮澤賢治生前愛用的物品存量很少。」

儘管如此，一進館內就看到「環境」展區，有許多時代資料、古老人物與地方照片，這些記錄雖不及實體物來得具體，但珍貴的文史檔案也夠上得了枱面的。加上「宮澤賢治的四季」幻燈片播放區，以放大的圖片與簡明清晰的語音，詳細介紹其生平事蹟，更足以讓人抓住宮澤的輪廓。此外，也能一窺他最親近的知音——二十歲就芳華早逝的才女妹妹，對作者創作歷程的影響。

「信仰」展區，讓人對宮澤悲天憫人的胸懷了然於心。諸如，記錄著他晚年病中自勵的名詩〈不輸給雨〉的小手冊，還有兩首絕筆短詩的真蹟，都赤裸裸地呈現在訪客的面前。此外，表明嚮往「菩薩行」心跡的親筆手繪「菩薩像」，也可以在信仰區裡一覽無遺。

從小對礦物、植物特別感興趣的宮澤賢治，在進入農林大學後，更是對農藝化學、農學、地質學、化學、天文學等多所鑽研。歷經後來的教學、調查、自耕、碎石工廠技師等實務淬煉，使他的文學作品不時閃現出科學的語彙，以致於「宗教心」與「科學眼」這兩股奔騰的血液，終於融會貫通成他超越時空的「四次元」藝術理論。這些特立獨行的思想與文學風格形成的經緯，在看完「科學」展區後，很自然地就能有所領略，也比較容易讓訪客或讀者明白，為何早在七八十年前，作者就能寫出像〈銀河鐵道之夜〉這樣，即使現今看起來都很科幻前衛的作品。

「藝術」展區有一把作者愛用且頗具質感的大提琴，力道鮮明地代言著宮澤賢治對音樂的熱愛。文獻資料中，可以看得到、聽得見他填的詞、寫的曲，也有園藝設計圖、自編的舞台劇本。此外，幾張宮澤賢治親筆手繪的圖畫，雖說畫功稱不上專業，但充滿熱力又洋溢著超現實的意境，不禁使人聯想到梵谷的狂熱和達利的洒脫，也不免讓我揣想：「要是他能再多活幾年，勤練些時畫技，應該會是個怎樣的光景呢？」

令人印象深刻的，還有他那方扁中帶點圓潤字跡的諸多手稿，可能因為振筆疾書或再三修改吧？「龍飛鳳舞」般的豪氣叫人眼花撩亂；但是，為學生認真繪製、仔細編寫的生化講義，一筆一畫都能感覺得出他身為老師的敬業。另外，為了讓人較容易進入作者的創作世界，有聲童話幻燈片的貼心安排，想必會讓人更有輕鬆汲取知識的愉快。

有趣的是，許多人在看完展覽後，都在不知不覺中直呼作者「賢治」了。關於這點，對一般只習慣稱「姓」不直呼「名」的日本來說，是十分帶有親近感的表現。

走出紀念館往館的後方移動，有通往「伊哈都舞館（イーハトーブ）」的便道。才一轉身，瞬時改變了適才被森林包圍的印象。沿著山坡被開墾出層層的階梯，隱約交錯在嚴冬的枯林間；重重疊疊地充滿著枯淡的禪味，煞是好看！途中，還遇上兩座宮澤賢治設計的園藝作品，可說是信步而行皆驚喜。

從車站一路走來經常出現的貓頭鷹造型，在這段斜坡上出現得特別多。宮澤賢治偏愛貓頭鷹，除了讓牠常在作品中登場外，還特別以貓頭鷹為主角，寫了童話〈二十六夜〉。另外，因為這些為數眾多的貓頭鷹，自然地出生於花卷，又自在地成長於花卷，而且有招福與智慧的含意，所以被指定為「花卷市鳥」。扁平臉配上尖嘴和大眼，這群夜行性動物可是受歡迎與祝福的象徵喔！

cc by はな

cc by 雨讀晴耕

這條被貓頭鷹塑像守護的下坡階梯，很快地領著我們來到「伊哈都舞館」。這棟有著現代感又不帶一點詭異的白色建築，給人清新隨和的好印象。館內免費參觀，有許多有關宮澤賢治的書、雜誌、論文等資料可供借閱。大廳經常舉辦宮澤賢治相關文人與藝術家的展覽，也有童話動漫的播映，一言以蔽之，此處就是宮澤賢治資訊交流中心。

走出伊哈都舞館，竟然一下子就掃視到童話村了。繞了一大圈，這才發現原來伊哈都舞館，就藏身在紀念館登山標示的後方呢！只要轉個彎就能輕易看得到，也就是說，通過伊哈都舞館爬階梯上山，是前往宮澤賢治紀念館的另一條路徑。

宮澤賢治童話村的入口處，是以〈銀河鐵道之夜〉為主題。大門是「銀河火車站」兩旁以「白鳥站」、「銀河火車」造景陪襯，增加趣味性。一進門就看得到畫得很清楚的平面圖解地

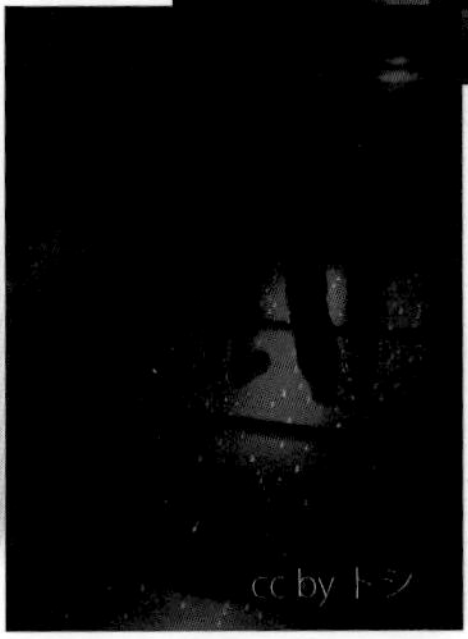

圖，絕對很難讓人在此迷路。除了一些跟代表性童話有關聯的立體造型外，環繞四周，規劃的有「精靈小徑」、「宮澤賢治的山野草園」、「貓頭鷹小徑」三個林木散步區，和右手邊的「宮澤賢治學校」跟左手邊的「宮澤賢治教室」兩個主要展示區，正中間則是一個大大的草坪，並附設一個戶外舞台。

帶著未來科幻氣息的「宮澤賢治學校」建築，入口前的拱門兩旁，舖設著用銀色金屬板及金屬球所塑造出來的銀河裝置藝術；館內分成「夢幻大廳」、「宇宙」、「天空」、「大地」、「水」五個房間，全部用日本人擅長的「博覽會」方式具體呈現。其中，最具特色的應該是第一個房間——「夢幻大廳」。圓形的空間、白色的基調醞釀出一片空靈；白牆上象徵性地畫了一棵宇宙樹，靠牆等距地擺著多隻奇特的白色椅子，讓人聯想到草木、星辰、風月等實體物的概念，具有療癒效果，也展現出宮澤賢治在科學、理性、藝術面的獨到見解。

至於「宮澤賢治教室」，則是用圓木搭建出來的

鄉村小屋，表現出作者熱愛自然的一面。小屋共分七間，除了「石頭」小屋獨立外，其餘「鳥類」「星星」「動物」「植物」「森林」和「森林店小屋」六間，都是用木板鋪排的平台和階梯銜接串聯在一起。各自的主題，顧名思義都很明白易懂，像「動物」小屋，就是把宮澤賢治書中選為主角的動物介紹一番；我比較感興趣的，與其說是展現的主題，倒不如說是展現的方法。

館方請來日本紙雕名家——野田亞人，重現宮澤賢治童話世界中活靈活現的動物身影。紙雕的製作費不高、容易塑型也不佔空間，又具有老少咸宜的親和力；另一方面，館方也提供了藝術家展現自我的空間，應該是個聰明的合作方式吧！最後一間「森林店小屋」其實就是販賣紀念品、土產的地方了。

如果時間還足夠，可以在園內的「山貓軒」用餐，餐廳相當具有特色，各位還可以去找找有趣的招牌！

如果一天要參訪完「宮澤賢治紀念館」、「伊哈都舞館」及「宮澤賢治童話村」，行程應該就夠緊湊的了。如果還有時間，宮澤賢治曾教書的地方「花卷農業高等学校」是也是個值得探訪的地方。校園內有宮澤的銅像、仿當年他設置的私熟「羅須地人協會」的建築物等等，很有懷念大師意境。

有機會拜訪花卷市，也別忘了順便走走盛岡市，也許會有更多意想不到的收穫喔！

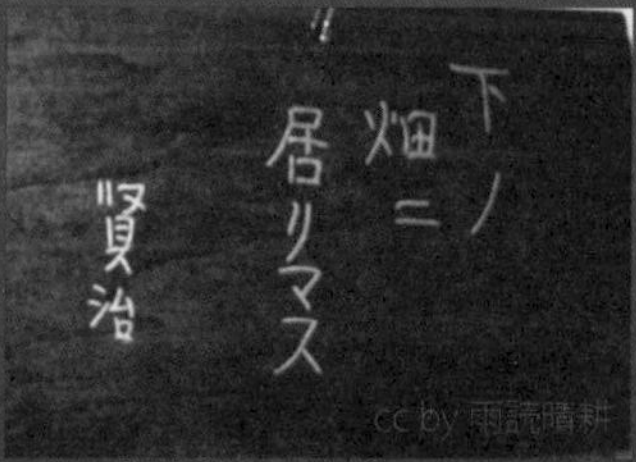

國家圖書館出版品預行編目資料

日本經典童話故事：宮澤賢治/新美南吉名作選(寂天雲隨身聽APP版)/宮澤賢治,新美南吉著；陳慶彰譯. -- 初版.
--【臺北市】：寂天文化, 2022.03
面；　公分

ISBN　978-626-300-110-7（25K平裝）

1. 日語　2. CST: 讀本

803.18　　111002421

日本經典童話故事

宮澤賢治／新美南吉名作選

中日對照

作　　者　宮澤賢治・新美南吉
翻　　譯　陳慶彰
編　　輯　黃月良

內文排版　謝青秀
製程管理　洪巧玲
出 版 者　寂天文化事業股份有限公司
負 責 人　黃朝萍
電　　話　02-2365-9739
傳　　真　02-2365-9835
網　　址　www.icosmos.com.tw
讀者服務　onlineservice@icosmos.com.tw

出版日期　2022年03月　初版四刷（寂天雲隨身聽APP版）
郵撥帳號　1998620-0
寂天文化事業股份有限公司
▪ 劃撥金額600（含）元以上者，郵資免費。
▪ 訂購金額600元以下者，請外加65元。

【若有破損，請寄回更換，謝謝。】